志村ふくみが石牟礼道子に贈った染め糸

空いろ
うす紫.
中紫.
紫.
くちなし.
萌黄

「紅の色をお見せしようと思って、染め糸を持ってきました」(志村)

志村が石牟礼に贈った裂帖

「今日、これね、裂帖作りましてね、お持ちしたんです」(志村)

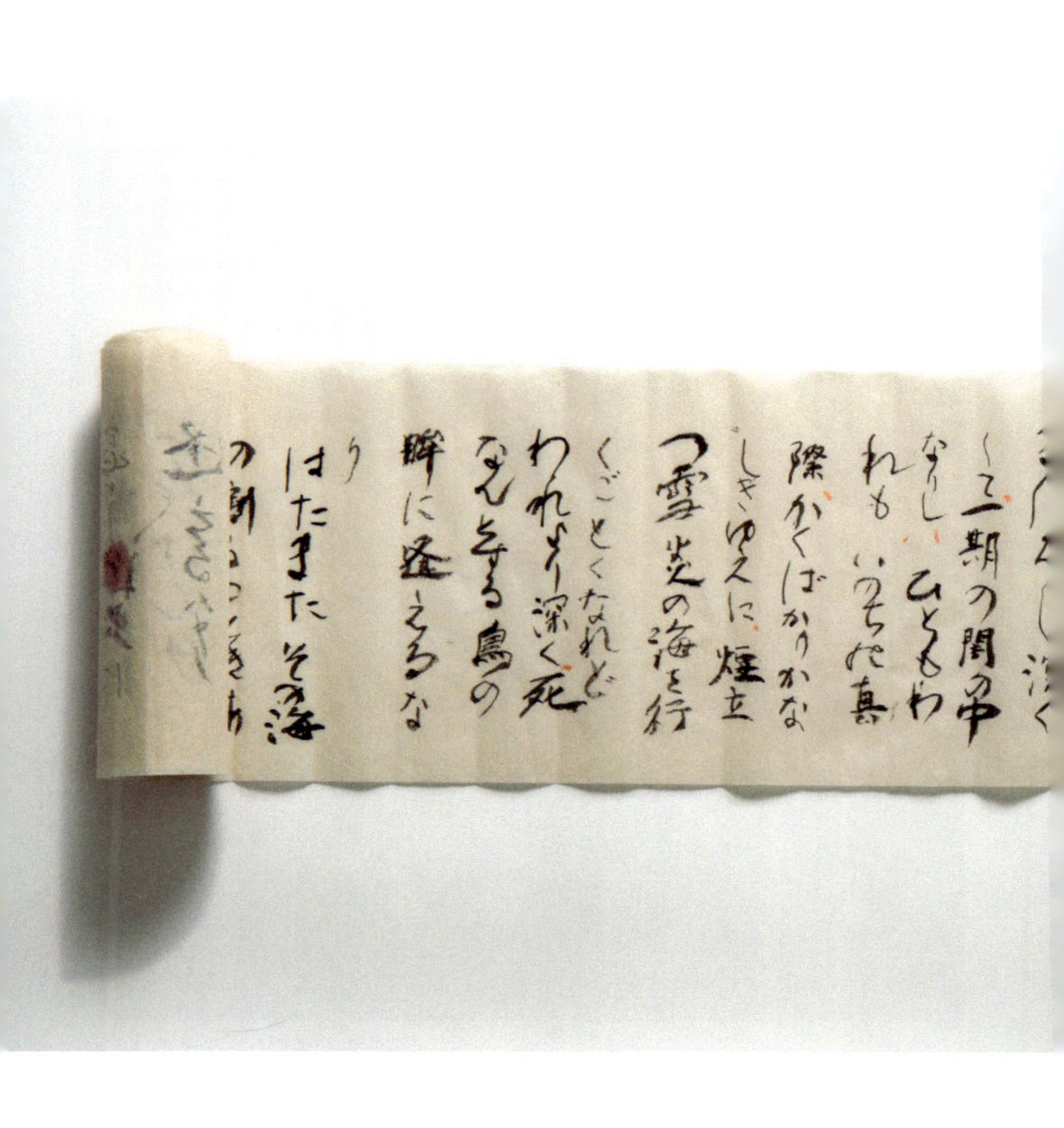

福岡での「水俣病記念講演会」で朗読するために石牟礼道子が墨書した「幻のえにし」

石牟礼道子（左）と志村ふくみ

「あや」の衣裳のために染めた紅色の糸

生絹（すずし）の織物は羽のように軽やかで透明感がある

竜神の衣裳（部分）。藍に金糸や金箔が織り込まれている

臭木の実で染めた水縹色の糸で織った四郎の衣裳（部分）

竜神の狩衣「竜神」（後ろ）

あやの長絹「紅扇」(後ろ)

四郎の水衣「水瑠璃」

ちくま文庫

遺言

対談と往復書簡

石牟礼道子・志村ふくみ

筑摩書房

目次

二〇一一（平成二十三）年　9

書簡

二〇一二（平成二十四）年　35

遺言——対談と往復書簡

装幀　間村俊一
写真撮影　矢幡英文（口絵1〜8頁、本文写真）
　　　　　伊藤信（カバー写真、口絵9〜12頁）
写真提供　都機工房（口絵13〜16頁）

二〇一一（平成二十三）年

志村ふくみより石牟礼道子へ　三月十三日

春も間近かというのにこの国の大災害にしばらく筆をもつこともできずにおりました。

おたよりとお代まで思いがけずお送りいただきまして、心から恐縮いたしております。その上、三宝柑とあおさまでお送りいただきまして、うれしく三度三度あおさのおみおつけをいただきました。

またその上に『苦海浄土』(1)のご本をいただきまして、この本を胸にしましただけで熱い熱いものがこみあげます。後世にのこる真の文学作品だと私は信じております。宝物をいただいたと思い、大切にいたします。

お会いしたい、おはなししたいことがいっぱいです。熊本まで飛んでゆきたいようね、と洋子(2)と話しております。何という大きな無残、悲哀が一挙にこの国をおそったことでしょう。言葉にもなりません。

しかし人類に対する大きな大きな警告かと思います。

若い人に、どうか打ちひしがれずに立ち上がって下さい、と祈るばかりです。石牟礼さんがたびたび語っていらしたこと、憂慮すべきことがたびたび重なり、どこまで突っ走るのかと思っていましたことがこんな形でおそってくるとは、多くの平穏な暮らしの中に、身のおきどころのない哀しみです。

こんな老齢になってまだ滅亡の姿をみるとは、現実のもの凄さ、これが本当に起こっていいのか、目を覆いたいようです。

どう暮（すご）してよいのか、ただ仕事をするしかありません。本を読み、考えるしかありません。石牟礼さん、本当にどうしたらいいのでしょう。今また水俣の哀しみが湧いてきました。

もう一ど石牟礼さんのご本を読もうと思います。

（1）『苦海浄土』（世界文学全集第Ⅲ集04巻　河出書房新社刊　二〇一一年）。池澤夏樹個人編集の世界文学全集に、唯一日本人作家の長篇作品として収録された。（2）志村ふくみの長女、染織家。

どうかお元気でいらして下さいませ。私も若い人にまじって織をはげみ、何かを書いています。本当にありがとうございました。

志村ふくみ

三月十三日

石牟礼道子様

志村ふくみより石牟礼道子へ　七月三十日

このお暑さの中、いかがお過ごしでいらっしゃいますか。

先日はおたよりを頂戴いたしまして、本当にありがとうございました。日ましにこの度の災害の深刻さが身にじわじわとしみこみ、日本をとりまく暗雲をどうはらうか、先の見通しも立たぬまま、幼子のことがただただ辛く突き刺さるような思いです。

先日もテレビでわたくしたちの未来はないのと母親にきいている子供がいて、胸ふさがれる思いでした。未来が全く見えずにただ暗黒の中にたたされる子供たち、何とか何とかなりませぬかと天を仰ぐ思いです。きっと石牟礼さんも日々思い深くおすごしのことと存じます。こんな時にどう仕事に向かえばよいかと悩みつつ、今私共の仕事も大きな転換を迫られ、いままでの伝統をかつぐ時代は終わりました。かといってどうすすめばいいのか、迷いつつも今回富山で洋子と二人、次の世代へ何か伝えたい思いで、都機工房を公開して美術館で来館の方々、とくに子供さんと染めたり織ったりする企画をたてました。(3)世界にも比類ない日本の染織を色彩を、ますます確信しておりますことをふまえて、そこから一歩一歩歩みだしたいと思います。

このたび出版されました伊原昭さんの『色へのことばをのこしたい』(4)という本を(ご存じかと思いますが)お送りいたします。石牟礼さんこそ一番理解してくださると思います。くれぐれも御身おいといくださいませ。

ようやく颱風もすぎてゆきました。

七月三十日

志村ふくみ

石牟礼道子様

志村ふくみより石牟礼道子へ　八月八日

今朝、光りのかわったのにおどろきました。秋、突きぬけるように哀しい透明さです。

その後ご無沙汰いたしましたが、お元気でいらっしゃいますか。いろいろ予期せぬことが起こり、何どうしていいか思いもまとまらないうちに時がすぎてゆきます。先日「花を奉る」(5)を読ませていただき、胸が熱く絞られるような感動をおぼえました。何という言葉のみなぎり、これ以上のものは誰ひとりかけません。すべてを言い尽くして余りあります。

（3）「しむらの色　神話の誕生　染織家　志村ふくみ・洋子展」富山県水墨美術館にてこの年の七月から九月にかけて開催された。（4）二〇一一年笠間書院刊。（5）東日本大震災翌月に石牟礼道子が発表した詩。『花を奉る――石牟礼道子の時空』（藤原書店刊二〇一三年）に所収。一八―一九頁参照。

私もあの三月以後にいたたまれない思いをいだきながら、目前の雑事におわれ、やっと富山市での展覧を終えて一息しております。

先日、筑摩書房のNさん（長いつきあいです）とお話しておりますとき、思わず、今一ばんお話ししたい方は石牟礼さんです、と申しまして、思いがけずこのような企画を立てられました。石牟礼さんのご体調のこととか、いろいろおいそがしいことを充分存じ上げないまま、ご迷惑もかえりみずおたより申し上げました。ご無理のようでございましたらどうぞおことわりくださいませ。

私にとっては石牟礼さんがお元気でいらして下さることが何より大事で少しでもおわずらわせすることになってはなりませんので、そうおっしゃって下さいませ。長いことおはなししたい、お会いしたいと思っておりましたが、私も老齢となり、思うように働けませんが、それでもいろいろなところに出させていただくことがあり、考えることも、切に考えることも、多くあります。

何ということが起きたのでしょう。どうしたらいいのか、石牟礼さんとおはなししたいとしきりに思います。元気のうちに。

そんな思いで筆をとりました。よろしくお願い申し上げます。くれぐれもお大切に。

八月八日

志村ふくみ

石牟礼道子様

お許しいただければ喜んで熊本へ伺います。

花を奉る

春風萌(きざ)すといえども　われら人類の劫塵(ごうじん)いまや累(かさ)なりて
三界いわん方なく昏(くら)し
まなこを沈めてわずかに日々を忍ぶに　なにに誘(いざな)わるるにや　虚空はるかに　一連の花　まさに咲(ひら)かんとするを聴く　ひとひらの花弁　彼方に身じろぐを　まぼろしの如くに視(み)れば　常世なる仄明かりを　花その懐に抱けり
常世の仄明かりとは　あかつきの蓮沼にゆるる蕾(つぼみ)のごとくして　世々の悲願をあらわせり　かの一輪を拝受して　寄る辺なき今日(こんにち)の魂に奉らんとす
花や何　ひとそれぞれの　涙のしずくに洗われて咲きいずるなり
花やまた何　亡き人を偲ぶよすがを探さんとするに　声に出(いだ)せぬ胸底の想いあり　そをとりて花となし　み灯りにせんとや願う

灯らんとして消ゆる言の葉といえども　いずれ冥途の風の中にて　おのおのひとりゆくときの花あかりなるを　この世のえにしといい　無縁ともいう

その境界にありて　ただ夢のごとくなるも　花

かえりみれば　まなうらにあるものたちの御形（おんかたち）　かりそめの姿なれども

おろそかならず

ゆえにわれら　この空しきを礼拝す

然（しか）して空しとは云わず　現世はいよいよ地獄とやいわん　虚無とやいわん

ただ滅亡の世せまるを待つのみか　ここにおいて　われらなお　地上にひらく　一輪の花の力を念じて合掌す

石牟礼道子

二〇一一年四月二十日

石牟礼道子より志村ふくみ、洋子へ　九月十一日

先達っては富山の水墨美術館のパンフレットと伊原昭さんの御本をお送りくださり心に染みております。特に「水の上」というお作品と伊原さんの御本にある「みはなだ色」という糸の束に霊感のようなものを感じました。

と申しますのも、わたくしは今、最後の作品と思う新作能「天草四郎」を構想中でございまして、シテの四郎の装束をこの「みはなだ色」で表現したいと思うに到りました。新作能の話を持ち出しましたのは、私の構想もございますが、ある方からの依頼あってのことでございます。その方に、わたくしの望みを申し上げましたところ快諾されてその装束でいきましょうと申されました。

不躾に急な話を持ち出しまして恐縮でございますが、あいなるべくはお引き受け願いたいと思います。能の台本は三分の二くらいまできております。

あと十日程もしたら荒筋だけでもお目にかけられると思います。美しい能に

仕上げたくご協力いただければ望外のことでございます。超ご多忙とは存じますが、お返事賜ることができれば幸いに存じます。

志村さんのお仕事で能装束を仕上げたいというのは長年の秘かな念願でございました。お聞き届けくださればこの上ない喜びでございます。

厚かましくはございますが、失礼をお許しくださいませ。

お身体にさわりませんようにとお祈り致しております。

九月八日

石牟礼道子

志村ふくみ様
洋子さま

追伸：上衣は「みはなだ色」、袖の下辺は紫紺、袴も紫紺、陣羽織もその二色で表現できればと思います。何かよいお知恵がございましたらお貸し下さいませ。
能装束についてご相談の手紙を書いた日に、筑摩書房のNさんから往復書簡のお話をいただきました。志村さんにお目にかかってお話を伺いたいことは山々ございます。

双方から同じ日にお呼びかけをしたことになってよくよくのご縁だと改めて思いました。

往復書簡のお申し入れ、望んでもめったに得られないご縁でございます。ただちにお引き受けすべきでございますけれども、このところ私、長年のパーキンソン病が進行しまして歩くのもままならず、箸とペンがうまく握れないのが一番苦痛でございます。この度の新作能を最後の作品と思うのは、そのせいでございます。何としてもこれを仕上げてから往復書簡にとりかかれればと思いますが、それでよろしゅうございますでしょうか。

石牟礼道子

九月十一日

志村ふくみ様

洋子さま

志村ふくみより石牟礼道子へ　九月十五日

早速におたよりを頂戴いたしまして、ありがとうございました。思いがけない新作能の能装束のおはなし、胸がとどろく思いで拝見いたしました。石牟礼さんが渾身の力をこめて「天草四郎」という新作能をおかきになっていらっしゃいますことは何という素晴らしいことでしょう。「不知火」(6)のお能を拝見した時のただならぬ感動がよみがえります。『アニマの鳥』(7)をもう一ど読みたいと思います。その天草四郎の衣裳をみはなだ色とは——何という不思議な符合かと思いますのは、実は年来なかなか染め得なかったみはなだ色といえるよう

（6）石牟礼道子作の新作能。二〇〇二年に東京で、〇三年に熊本で、〇四年に水俣で上演された。『石牟礼道子全集　不知火　第一六巻』（藤原書店刊　二〇一三年）に収録。
（7）天草・島原の乱を描いた石牟礼道子の大河小説。栄誉や権力に縛られず、死をかけて個人の尊厳を守った人々の受難の歴史を描く。一九九九年筑摩書房刊。

な色をこのたび機(はた)にかけ、さてどういうものを織ろうかと考えていたところでした。

藍のうすい、水浅葱(みずあさぎ)ともちがい、くさぎの実(8)で染めた水いろは、得もいえぬ天上の色なのです。かつて「天青(てんせい)の実」という詩(9)をかきましたが、その青は天からしたたり落ちたというしかない色で、なかなか一反の着物を織るほど材料があつまりません。大切に大切にしていたその糸を機にかけていたのです。能装束を織りたいのは私の終生の願いです。まして天草四郎という霊性の高い美しい男性の衣裳とは、私に果たして織れますかどうか不安な思いもいたしますが、何かあたえられた仕事のように思われ、心からよろこんで織らせていただきます。

新作能が無事御出来になり、ほっとなさってからどうか対談と往復書簡のことをよろしくお願い申し上げます。

くれぐれも御身お大切になさいまして、ご平穏なご生活をお祈り申します。私もぼつぼつ無理をせず仕事をつづけております。

おたよりを心から感謝いたします。

九月十五日

志村ふくみ

石牟礼道子様

（8）シソ科の落葉小高木。葉に臭いがあるためこの名がある。秋に熟す紺色の実を染色に用いる。（9）志村ふくみ著『一色一生』（講談社文芸文庫刊　一九九三年）に収録。（二六―二七頁参照）

天青の実

紅万作(べにまんさく)や満点星(どうだんつつじ)の
まぶしい照葉が散ると
丘陵地や森は
深々とした落葉と　実の季節に入る
雪におおわれる前の
短い晩秋の空に
臭桐(くさぎ)は精一杯の技をはり
小さな壺をかかげて
天の青い滴を　その実に貯めこんでゆく
私はその実をあつめて
なめらかな蠟質の

玉のように半透明の瑠璃色を
糸に染めるのである

志村ふくみより石牟礼道子へ　十月二十日

度々お電話で失礼申し上げました。本日FAXで「花の砦」[10]をいただき拝読いたしました。

まことに眼前に浮かぶごとく天草四郎のかぐわしいお姿、鈴木どの、原城落城時の悲惨、華麗なる最後等、感極まる思いでございました。新作能として上演される折にはいかに現出されることかと胸がおどります。そこに浮かびあがる天草四郎の衣裳を織らせていただきますこと無上のよろこびです。不安を感じても何か胸中に在るものが呼びかけてくるようで、今はじっと想いをこめて貯めていこうと思っています。拝読するたびに石牟礼さんの創造の世界にひき入れられる思いです。

お電話でおはなししましたくさぎの実、もしや御地にありましたらとのぞみをかけてお送りしてみます。こちらではもうなかなかみかけず、九州や五島列島ではたびたびみかけました。ああ、そうです。五島の福江にいったとき、街路樹にあり、いただいてみなで島の方々と染めました。ご縁があるかもしれません。

このように枝先の実のついたところだけをきっておくって下さればいいのですが、どうかご無理なくても、あってもおまかせいたします。

くさぎで染めたかったのですが、このストールは春先のよもぎで染めました。首にまいて下さい。どうかお元気で、来年はおたずねしたいと思います。お互いに体を大事に大事に一日をありがたくすごして参りましょう。

十月二十日

志村ふくみ

石牟礼道子様

---

(10) 新作能、「天草四郎」は、「花の砦」、「草の砦」となり最終的に「沖宮」として発表された。

志村ふくみより石牟礼道子へ　十一月三日

本日は「草の砦」をお送り下さいましてありがとうございました。再度よみかえしまして、ますます深度がまし、花より草へと――移りゆく死と生と、は作者の石牟礼さんのお考え、悩まれますこともひしひし感じられ一つのものが成就することの至難さ、尊さを思います。

まだまだあるという――どこまで行けばよいのかとお思いのご様子はものづくりの宿命のような気がいたします。

この作品を身にしみて感じ、天草四郎の衣裳を少しずつ描いております。幸いなことにくさぎの実をたくさん送って下さった方があり、それで染められます。またこの御作の終わりに出てくる童女おひなの紅の衣、もし願えれば織らせていただきたく存じます。昨年法隆寺の傍の古裂座で江戸期の能装束紅白段(11)を偶然手に入れました。その紅の美しさに魅せられ、山形よりとりよせた紅で次々衣裳を織っています。紅花の紅はまさに天上の紅、くさぎのみはなだも天青。ふしぎなめぐり合せと申しましょうか。

どうかお元気を出されて下さい。命があればなどとかいてあるので何とか少しでもお力になりたいのです。

必ずお元気になられます！　どうか。

十一月三日

志村ふくみ

石牟礼道子様

（11）紅花（べにばな）はキク科の一年草、または越年草で、花を摘んで発酵・乾燥させたものを染色に用いる。

石牟礼道子より志村ふくみへ　十一月十三日

度々のお手紙ありがとうございます。

『草の砦』をお送りいたしましたが、未完成のものをお送りして恥ずかしゅうございます。

ここしばらくペンが止まっておりまして、と申しますのは、四郎と農民との関係、双方が立ち上がっていく過程で集団相互憑依がおきたと思うのですが、そこがまだうまく書けておりません。

それに「あや」の緋色の装束につきましては、始めからお願いするつもりでしたが、「あや」のイメージが今一つのびのびと描けておりません。

この女の子は実は龍神の娘なのですけれども、今一つ四郎と農漁民との間をつないで憑依させる大切な役目ですが、それもうまく書けておりません。

そこのところを申し上げかねておりました。

これまで出来上がりかけの作品を人さまにお見せしたことはないのですが、予告してしまったのは生き急いでいるからだと思います。床の中に入っていることが多くてご連絡とお願いが遅くなりました。失礼を何卒お許しくださいませ。

十一月十三日

石牟礼道子

志村ふくみ様

※この劇では緋色という色がいかに大切な色かということを考えておりますので、申し上げる時期を差し控えておりました。

今詩集の仕上げにかかっております。

二〇一二（平成二十四）年

石牟礼道子より志村ふくみへ　一月二十日

相変わらずご多忙な毎日かと存じますが、すっかりご無沙汰してしまいました。

天草四郎の能装束を早々とお願いいたしましたけれども、その後体調を悪化させ、一度書いた台本を廃棄して初めから書き直しております。第一作目の四郎は、天才ということが頭にあって霊性が足りず、近代的な学校秀才のようになってしまいました。

その間、福島のことがどっと押し寄せ、水俣と関連づければどうなるかというジャーナリズムに巻き込まれました。

病状も悪化して困じ果てております。

その中で頭に閃いて止まないのは、この世ならぬ恋の相手、四、五歳くらいの「あや」の装束の緋の色（紅の色）でございます。

劇中でただ一点、そこだけが霊界の明るさを象徴されたいと願っています。ここ一ヵ月くらいで目鼻を付けたい、とは思っておりますがうまくいきますかどうか。どうにか目鼻が付きましたならば、またご連絡いたします。

御身辺をお騒がせして申し訳ありません。

書き上がりましたら第一番にお目にかけます。

筑摩からお申し出の対談もこのことが終ってからにさせてくださいませ。

一月二十日

石牟礼道子

志村ふくみ様

追伸：「西王母」という名の椿を描いてみました。中国の神話の女神で、三千年に一度咲くそうでございます。近作一句をごぶさたのかわりにそえました。エンピツだけで描きました。お笑いくださいませ。

志村ふくみより石牟礼道子へ　一月三十日

きのうは旧正月でひとしお寒気が身に沁みます。雪です。

例年になく門前の蠟梅がつぼみをふくらませ、檀(まゆみ)も赤い実を滴(したた)せております。お久しぶりのおたよりありがとうございました。いかがかとご案じ申し上げておりましたが、どうか決してお急ぎにならず、何度もお考え直しなさって、より深く入っておいでになることと存じます。おたよりの紅の衣裳のこと、みはなだ、水浅葱と相まって目に浮かびます。

この一月元旦に実にふしぎなことがありまして、二年ほど見失って家中さがせどさがせど出てこなかった紅の能衣装が現れたのです。法隆寺門前の古裂屋で求め、その紅のあまりに鮮烈なのに驚嘆し、それ以来紅に魅せられていたのですが、染めても染めてもその紅は出てこず、石牟礼さんの今回のおたよりに劇中にただ一点そこだけが霊界の明るさの象徴という程の紅が染めだしたく思

西王母
古きゆかしき
野辺の花
道子
道子

わず胸が躍りました。そのためにかの能衣装が新年になって出てきてくれたのかと――どうか私に織らせて下さいませ。天草四郎と、あやと、私が今思い描く色はみはなだと紅です。きっと石牟礼さんの新作能は完成されます。どうかお元気で祈念いたします。〝西王母〟何という大きな満ちあふれた花の精でしょう。壁にかけてしばし見入っていました。――仙女やのお歌にもただならぬものを感じます。私も雑事俗事にまみれて若ものと働き日々老いを忘れふと気がつけば九十になんなんとして、足腰も宙に浮くかと思うほどのよれよれの体、もう立ち止まればそのままになりそうな現身(うつしみ)ですが、何とか色に支えられ、織にむち打たれてすごしております。

おめにかかりたく存じます。この紅の色をおめにかけたく――。

くれぐれもおいとい下さいませ。

一月三十日

志村ふくみ

石牟礼道子様

石牟礼道子より志村ふくみへ　二月二十四日

文庫版『私の小裂たち』(1)をお送りくださいまして、たいそう有り難く存じました。

一語一語深く同感しながら、「紅花・茜」の章に読み進みましたとき、紅花の語りかけてくる霊的な美しさが、お送りいたします「沖宮」の「あや」の緋の色に託しておもっていた内容と同じことを発見し、たいそう嬉しくなりました。

志村様と似通った感性を自分の中に発見したことを、光栄に存じます。

もっともっと深く読ませて頂いて、体力をつけてから（この能を書き上げて、今体力が落ちてしまいまして）、切実にお目にかかりたく願っております。

(1) 志村ふくみ著『小裂帖』（筑摩書房刊　二〇〇七年）を再編集し、あらたな文章を加えたオリジナル版文庫。二〇一二年ちくま文庫。

まだまだ不出来でございますが、「沖宮」をお送りいたします。
御笑覧くださいませ。

二月二十四日

石牟礼道子

志村ふくみ様

第一回対談（四月二十二日）

志村：お体調、いかがですか？

石牟礼：あまり良くはないんですね。ですけど、もうちょっと書き残していることがございますので。もうでも、それも、もういいかという気もするんでございますけど。

志村：例の、今取り組まれておられる、新作能(1)ですか？

石牟礼：はい。その新作能と高群逸枝論ですけれども。新作能は、書くことは書きましたけど、まあ、人さまが、どんなふうにお読みになるか。それで、その新作能について、志村さんに、衣装をお願いしているんでございます。登場

(1) 当時石牟礼道子が執筆中であった新作能「沖宮」は、二〇一二年『現代詩手帖』誌上に戯曲として発表され、その後『石牟礼道子全集　不知火　第一六巻』（藤原書店刊　二〇一三年）に収録された。本書一五六頁に再録。

人物の童女「あや」の着る衣装を、紅色（べにいろ）の衣装を……。

志村：はい。

石牟礼：紅の一点を……と。

志村：ええ。

石牟礼：紅の色というのは、たくさんあれば、紅の意味が出てくるというんじゃなくて、ほんの一点でも、緋の色というのは、意味が生じますよね。

志村：そうです。それで、今度の新作能に出てくる「あや」の、衣装を紅で……というご依頼をいただいたんですよね。

石牟礼：あやに、それを着せようと思って……。

志村：はい、それで、今日、ちょっとお持ちしました。紅の色をお見せしようと思って、染め糸を……あんまり、まだ染めていないんですけど、新作能を脱稿されて、いよいよとなったら、本格的に染めようと思っているんです。

石牟礼：まだ書き上げないのに、早々と志村さんに発想を漏らしてしまって、ご迷惑じゃなかったかしらと思って。

志村：とんでもないです。私は本当に喜んで、やらせていただきたいです。

（染めた糸を卓上に広げる）

石牟礼：まあ……きれいだこと……まあ……。

志村：なんか、今度の新作能、執筆途中のお原稿を、何度か送っていただいて、読ませていただいて、こんな感じかしらと。

石牟礼：まあ……はあ……。

志村：いろいろ、想像して。

石牟礼：まあ……まあ……。

志村：染めてみましたけど。

石牟礼：まあ……。

志村：これが、紅と、これが、水縹（みはなだ）の色。

石牟礼：「みはなだ色」って、これでございますか。

志村：この、青のうち、真ん中のが「水縹色」です。

石牟礼：はい。言葉がきれいですね、「みはなだ」……。

志村　…「水縹」。それから、「紫」のこともおっしゃっていたから、こういう感じかなと思って、ちょっと紫色も入れまして。
石牟礼…わあ、ああ、や、あらあ……きれいでございます。
志村　…これを作っているうちに、なんとなくね、「夢の浮橋」っていう言葉がふーっと浮かんできてしまって、箱のふたの裏に、こんなふうに書いてしまいました。
石牟礼…あら、まあ……。まあ、志村さんのお言葉には、なんというのか……。
志村　…いえもう、送っていただいた、新作能の草稿を読ませていただくと、浮かんでくるんですよ。あやの衣装とか、天草四郎の衣装がね。で、この、水縹と、それから、石牟礼さんが、「紫を、袴にぼかして」っておっしゃったのが浮かんでくるものですからね、糸で、ちょっと表現してみました。
石牟礼…こんな色になって……この艶がねえ……言葉ではこの艶というのは、出ませんねえ。「小夜衣（さよごろも）」と名付けられた小裂（こぎれ）帖の表紙の裏に、お書きくださいましたが、「小夜衣　筬（おさ）打つ音の身に添いて　織色深く　雪は来にけり」と。

石牟礼道子様

夢の浮橋

志村ふくみ

二〇一二年四月

志

みはなだの染め糸に手を触れる

志村　：ああ、そうですね。

石牟礼：表現というのは、こころみて表現しようと思っても……。

志村　：できませんね。

石牟礼：できませんね。それにくらべて自然の力というのは……。

志村　：そうそう、そうです。石牟礼さんの表現するあの世界の色ですわ。『椿の海の記』(2)で書かれたような……あの頃の水俣あたりの海の色とか、なんかそういう感じです。

石牟礼：織色深く　雪は来にけり……って、ああ、うれしい、こんな色が、イメージで出てきたんですねえ。まあ……光栄でございます。

志村　：新作能は、書き上げられたんですね。最初、私に送っていただいたのは、「花の砦」それに続いて「草の砦」と題されたお原稿を送っていただきましたけれど、あれからまた書き直された？

(2) 石牟礼道子が自身の少女時代を綴ったエッセイ。一九七六年朝日新聞社刊。その後河出文庫に収録。

石牟礼：すっかりもう書き直しました。お送りしてませんでしたかしら。
志村：次にいただいていたのが、「沖宮」。
石牟礼：「沖宮」。「沖宮」が完成稿です。
志村：じゃ、いただいてます、「沖宮」は。
石牟礼：ああ、よかった。
志村：だから、三回、書き換えられていますね。「花の砦」「草の砦」それから「沖宮」と。
石牟礼：「沖宮」まで書きまして、力尽きた感じで……。
志村：まあ……。
石牟礼：どこそこ、体に故障が出てきて……。
志村：そうですか……。
石牟礼：もう、最後の作品と思って書きました。もう歳ですし。
志村：そんなこと言ったら……（笑）。
石牟礼：志村さんにはとてもかないません。

志村：そんなことありません、そんな（笑）。

石牟礼：でも、お嬢さんの洋子さんのお作品も、やっぱりお若い方だから、ハイカラですね。

志村洋子：若くないです（笑）。

石牟礼：ハイカラというかなんというか、斬新。とても斬新で、新鮮ですねえ。そして、作品集の中で、「手」を書いておられる、あのスケッチは洋子さんがお描きになった？

洋子：いえ、私ではないです、他の作家さんです。糸を手繰っていくのです。

志村：あなたの作品集の『OPERA』(3)のこと？

洋子：そう。『OPERA』のこと、おっしゃってる。

石牟礼：あの糸の線が、私は大変好きでございます。

洋子：あの糸のことを気づいて頂けてうれしいです。糸は増えていって、五

（3）志村洋子作品集『OPERA』二〇一一年求龍堂刊。

色になるんです、最後に。仏様の五色の糸になると思っています。

石牟礼：まあ、親子であいう世界を……。世界が広がるんですよね。あの世界の広がり方というのは羨ましいなあと思って。

志村：前作の新作能「不知火」が上演されたのを、東京の宝生能楽堂で拝見しました。二〇〇二年だったかしら。

石牟礼：そのあとに、免疫学の先生で、亡くなられた多田富雄さん(4)と私の往復書簡の『言魂(5)』というのも、舞台劇にしていただいたんです。

志村：あの往復書簡をですか？

石牟礼：はい。熊本で。東京でもなさったそうですけど。水俣でもなさって。それで、面白いことに、熊本よりも水俣でのほうが、お客様の入りが多かったんです。

志村：まあ、そうですか。

石牟礼：私は、水俣でやっても、水俣市民は私に反感を持っているんじゃないかと思って、こんな舞台を、派手派手しくやって、はたして大丈夫かなと思っておりましたら、水俣のほうが人口に比べて、入りが多うございました。

志村　：そうですか。よかったですねえ。

――水俣では先生に対して反発があるのではないかと、お思いになったのですか？

石牟礼：思ってました、ずっと。

志村　：そうですよね、最初のころから。

石牟礼：だって水俣では、本屋さんは私の本を、隠して売っていたんです。よそから来た人が「本屋さんに行って、ご著書を買おうと思ったんですけれど、ありませんでした」っておっしゃるんです。水俣の本屋にはどこにも置いてないって。仕方ないと帰りかけると、ちょっと待ってください、奥のほうにありましたって、追っかけてきて、買ってくださいと言って。長い間、そうだった

(4) 多田富雄（一九三四～二〇一〇）免疫学者、文筆家。能の作者でもあり、能に関する著書も多い。(5) 石牟礼道子と多田富雄の往復書簡をまとめた単行本。二〇〇八年藤原書店刊。

んですよ。
志村：ただ、それが変わってきたんでしょうね、きっと、今は。
石牟礼：少しずつ変わってきたみたいです。
志村：変わってきたと思いますよ。それはもう。
石牟礼：でも、今、水俣は大変ですよ。
志村：あ、そう？
石牟礼：水俣の人口よりも、水俣病認定申請(6)をする人たちの方が増えてきたんです。
志村：どうしてでしょう？
石牟礼：海を隔てた向こう側の天草にも、今まで黙っていた人たちが、水俣病申請をしはじめていて。
志村：あら。そうなんですか。
石牟礼：もう、胎児性水俣病の人の親たちが、どんどん死んでいってますので。

洋子　：申請すると、国からお金がでるんですよね。

石牟礼：認定されたら、国から二百十万円おります。裁判をしないならば、という条件つきで。和解したと理解して救済しますって。その救済額は二百十万円。

志村　：まあ、それでは相当な人数が？

石牟礼：今のうちに名乗り出ないと、貰いそこなうという気持ちもおありなんでしょう。

志村　：あるわねえ。

石牟礼：それで葬式金なりと、今のうちに貰っておこうという空気が、いま充満しています。

（6）二〇一〇年四月十六日、「水俣病被害者の救済及び水俣病問題の解決に関する特別措置法の救済措置の方針」が閣議決定され、水俣病被害者に対してあたうる限りすべて、迅速に救済することとし、一時金二百十万円及び療養手当等を支給することが定められた。それに対する申請。

志村：まあ。その人数、何万人いらっしゃるの？
石牟礼：五万人くらいいらっしゃいます。申請している人が。
志村：五万人。
石牟礼：水俣市の人口はだんだん減ってきて、三万人も、おりません。
志村：あらぁ……不思議な現象ですね。
石牟礼：不思議な現象ですね。そういうなかで、『言魂』という多田富雄先生との往復書簡を舞台化して、詩を舞踊にしたり、それから、『花を奉る』という私の詩を、真野響子（まやきょうこ）さんという女優さんが朗読してくださったり、櫻間金記（さくらまきんき）さんという能役者さんが、能の形でなさいました。……ごめんなさい。私、きのう、目を抜糸しました。
志村：あらあら、白内障ですか？
石牟礼：いえ、まぶたが、こう、かぶさってくるので。
志村：筋肉がかぶさってくる？
石牟礼：かぶさってきて、見えなくなるんです。それを縫ったので、まだ生傷が……。で、お医者さんものんびりした人で、三ところくらい、糸を取り損なわれて（笑）。

志村：（笑）。じゃ、お見えになるの、こっちの目？

石牟礼：あの、あんまりよくは見えないですけど、かぶさってきていた時よりは見えます。

志村：じゃ、本はお読みになる？

石牟礼：本はこれ……眼鏡をかけて、これだけでは見えませんので、拡大鏡を。

志村：拡大鏡でね。

石牟礼：そしてここに、面白いものを作って。テーブルの上に本を置きますと……ちょっと遠いですね。

志村：ええ。

石牟礼：それで、こんなのを作りましてね。

志村：ええ。

石牟礼：桐の箱が手に入りましたので、軽くてね。それに、滑らない生地を探しまして、こうして箱を覆いまして、この小裂をいろいろ楽しませていただいてます。

志村　：ああ、よかったですわね。

石牟礼：背中をもたせて、そしてここに載せますと、本が近づきます。いくらか。

志村　：ええ。

石牟礼：それで、これをあげたり下ろしたりして、本を読むときはこうして、夕べも一生懸命読ませていただきました。

志村　：大変ですねえ、本を読むのもね。でも、ほんとにね、読むってことは、どうしても、やめられませんものねえ。

石牟礼：やめられませんねえ。それで、選んで、もういろいろは読めないので、エキスのようなものを。

志村　：読んでらっしゃるのね。

石牟礼：志村さんのお文章は、色のエキスでもあり、形のエキスでもあり、植

「桐の箱を滑らない生地で覆いまして、ここに本を載せまして……」

物の、なんというか、魂が発色したようなお言葉で文章をお書きになりますでしょう。

志村　…そんな……。

洋子　…魂の発色。魂と色は一緒ということが、いまおっしゃったことですか？

石牟礼…一緒だと思いますね、志村さんのお文章は。言葉は難しいとお書きですけど、ほんとに言葉っていうのはどうして……。

志村　…色を表現するのは、ほんとに難しいですねえ。

石牟礼…色を表現するのは難しゅうございますね。だけど、これを見ていると、なんというのか、存在が華やぐというか。

志村　…そうですね、色というのは、そのものが華やいでいますからね。

石牟礼…まあ、こんな色を見せていただいて、光栄でございます。

——今度の新作能のなかで、石牟礼先生が、登場人物の女の子に着せる衣装を、どうしても紅花で染められたものをと思われたのは、なぜでしょうか。

石牟礼：赤い色というのは、どういうのだろうと思って。赤というのはそれだけでも、色の中で一番……。色の精と言ったらいいのか。

志村　：そうそうそう、精ですね。

石牟礼：その精の先頭に、やっぱり、中心に、いるのが赤というか、緋の色というか……。

志村　：そうですね。

石牟礼：だけど、それをちゃんと見たことがないな、と思ってまして。それで蘇芳（すおう）という色かなと思ったり、茜（あかね）という色かなとも思ったり。しかし、紅花というのに……紅花という植物を、私、見たことがないんでございます。

志村　：ああ、そうですか。

石牟礼：そう、それで憧れておりまして。

志村　：そうなんですか。

石牟礼：いろんな赤のなかで、紅花というのが一番幼くて、可憐な……。

志村：そうです。あの、花ではね、原則的に色が染まらないでしょう。

石牟礼：はい。

志村：どんな花も色が染まらないのに、紅花だけが、色が染まるんですよね。

石牟礼：そのように、お書きでしたので。

志村：特別な神様のご意思が、そこにあるような気がするの、紅花には。蘇芳は木の幹ですし、茜は地の根でしょ。

石牟礼：根とおっしゃいますね。

志村：ですから、それぞれの分野で役割が違うと思うんですね。ところがこの紅花だけは、ほんとにもう、この世界の法則を越えたところで出てくるんです。天上的なところがあるんですよね、この紅花には。乙女の……十二、三歳くらいまでかしら。それまでの乙女の、ほんとにわずかな期間ですよね。

石牟礼：はい。

志村：朝露にぱっと咲きでた、その紅花の命というのを、きっと石牟礼さんはあやさんに感じてらっしゃるのかな、きっと。

石牟礼：志村さんのご本を読ませていただいたおかげで、そのように思って。

志村　：それは確かに連動していると思うんですね、石牟礼さんがそう思われた紅と、この「水縹」もね。これは藍から出てくる色ではなくて、臭木（くさぎ）というものの実から出てくる色なんです。私ね、「天青（てんせい）」って名前をつけて、詩に書いたんですよ。

石牟礼：その詩を、送っていただいて、びっくりしました。

志村　：「天青」、天の青。臭木なんて言葉はね、ほんと失礼だから、天青と呼びたいと、いつも言うんです。臭いから臭木っていうんですけどね（笑）。

石牟礼：あれは……小さい時、母が取りに行ってましてね。

志村　：臭木を？

石牟礼：茹でて、食べておりました。

志村　：食べるんですか。そういえば、『椿の海の記』に出てきますね、「臭木菜」って。あれは、やっぱり、臭木の菜っ葉？

石牟礼：はい。

洋子：葉っぱは、美味しいんですよ。ちょっと苦くて。炒めたら、おいしい。
石牟礼：春になるとかならず、ツワブキと蕨と臭木菜と。
志村：書いてらっしゃいましたね。
石牟礼：臭木菜は春の草で。春しか食べない。
志村：そうそう。
石牟礼：で、大きくなったら食べない。
志村：そう、大きくなったら食べられないのね。新芽だけね。
石牟礼：しかし、その新芽はどんな形だったかなと、いま考えてみますと、定かには……。
志村：ちょっと出てくる、双葉みたいに出てくるのが、柔らかいんですよね。それをいただくんですね。
石牟礼：不思議な香りというか、臭みと言えば、臭みですけど、香りが独特の。
洋子：ええ、独特の。苦みがおいしいです。おつな味がするのね。ちょっとトロッとした感じもあるし。

石牟礼：そうそう、トロッとした感じ。

志村　：この臭木を染めますとね、まず蠟質、蠟のような感じがするの。油があるせいですかね。蠟の感じがするんですよ、色が。そして、詩に書いたのは、紅いガクの真ん中にこう、実があるでしょう、それが天から落ちてきた青を溜めているような感じがするんですよね。

石牟礼：天のしずくと、お書きになっていました。

志村　：そう、天のしずくを、壺にいれているような感じ。やっぱり紅花もそうですけれど、地上から、こう、ちょっと浮き上がっているような色だと、私は両方ともそう思っています。不思議な色ですよね、これは。

石牟礼：不思議な色ですよね。

志村　：きれいな色です。

石牟礼：紅花というので染めた色というのを、いま初めて見て……憧れていて、何十年も憧れていた、紅花の色を……。

志村　：ありがとうございます。それでね、裂（きれ）もね、今日、これね、裂帖作りましてね、石牟礼さんにお持ちしたんです。
石牟礼：あらあ……。
志村：これ、ずっとね、布を貼りまして。これ、紅花なんですよ。
石牟礼：はあ……まあ、可愛い色ですねえ。
志村：それで、ずっとね、これ、いろんな裂を貼って。
石牟礼：あらあ。
志村：裂が五十枚、貼ってありますの。
石牟礼：ああ、お手間のかかったものを……。
志村：徒然のときに、ご覧になってください。こんなふうにも貼ってみたり、あの、いろんなふうにね、布を楽しみながら貼りました。
志村：もう紅ほど美しい色は、もうないです。私はそう思ってます。紅と臭木と……。
洋子：藍もきれいでしょ。……というか色に区別はない。

志村：そうそう（笑）、ない、区別はない。

洋子：この裂は絹ばっかりで、紬[(7)]じゃないから、よけい光沢が出ている。

石牟礼：まあ……。

志村：これも紅です。

石牟礼：まああ……きれいですねえ。

志村：これ、生絹（すずし）[(8)]だから、こうなるの。これを染め重ねて重ねて重ねると、朱というより……緋。緋色に近くなるんです。

石牟礼：そうですか。

志村：赤い色というのは、石牟礼さんのご記憶の中に、どんなものが残っておられるんですか？　ほおずきの赤とか、なんかおありになる？

石牟礼：ほおずきの色は、もちろんそうですけれども、何か……求めていたん

（7）つむぎ。生糸ではない、手で撚（よ）りをかけた節の多い紬糸を使って織った布。張りがあり耐久性にすぐれている。おしゃれ着の生地として用いられる。（8）精練していない絹糸で織った、張りのある、非常に薄く軽い生地。

ですねえ。緋の色というのは、どういう色なんだろうと思って。で、赤い色には違いないけれども、なんと言ったらいいのでしょう、今度書きます新作能は、「あや」という子が「沖宮」というところへ、天草四郎(9)と一緒に道行きをする場面で終わるのですけれども、それは雨乞いの生贄に捧げられる子なんですね。

志村：まあ、そうなんですか。

石牟礼：雨乞いについては古川古松軒という江戸時代の人が水俣の雨乞いについて書き遺しています。ずっと昔は、村中の娘たちを集めて、くじとりをさせて、くじに当たった娘を、竜神様に捧げる。

志村：捧げる……。

石牟礼：雨の神様に。

志村：まあ……。

石牟礼：あやという子は、四郎の乳母の子供で、妹のように育っているんですけど、四郎は戦に出なきゃならない。四郎の家においておけば、あだに殺されてしまうに違いないから、親は、あやを自分のふるさとへ帰しておこうと思い立つんです。天草には、上島と下島というのがあるんですけれども、上島のほうが島原に近くて、四郎たちが籠城した原城に近いので、遠い天草の下島にあやを疎開させておいて、自分たちは四郎と一緒に戦に出て死んでしまうんですよ。あやは孤児になる。それで、四郎のそばにおった孤児がこの村に来た、というんで、この孤児を、孤児ならば悲しむ人もいないから……。

志村：ああ……。

石牟礼：このあやを神代の姫になぞらえて、ただの孤児では竜神様もお喜びにならないだろうと考えて、もともとあやは神様の子……、「神高い」という言い方が沖縄あたりにあります。

志村：そうですか。

石牟礼：あやを「神高い姫」だと思うんです。近郷近在の人たちが集まって雨乞いをするでしょう。その雨乞いの祈りの文言の中に、「神高い姫を差し上げ

(9) 島原の乱（一六三七年）の指導者とされるキリシタンの青年。キリシタン大名・小西行長（こにしゆきなが）の遺臣の子として天草諸島の大矢野島（おおのやじま）で生まれたとされる。

ます」――姫は神代の姫にて、という文言を入れまして、そして舟で漕ぎだしていくんですね。舟を漕いでいる人も、幼い姫を海の中に入れる役目ですけれど、舟を漕ぎだして、ある程度沖まで行って、そのときに着せるのが、その緋の衣。

志村：まあ。そうですか。

石牟礼：はい。雨乞いの犠牲になる。みんなで、やっぱり哀れに思って、「よかところにゆこうぞ」「今から、おまえ様は神高き姫様じゃ」って言って、そういう文言で雨乞いをする。

志村：ああ……。

石牟礼：漕ぎだしていくと、ずーっと沖まで緋の一点が見えている。ずうっと、見えるか見えないかの、遠くまで離れた頃に、ぴかぴかあっと大雷鳴がひびき渡って、その一瞬、沖のほうが見えなくなる。四郎が……海底（うなぞこ）の「沖宮」にいる四郎があやを連れに来るんです。

志村：ああ、そうですか。

石牟礼：はい。それで、対岸の雨乞いの人たちは一斉に合掌をするという終わり。

志村　：まあ。

石牟礼：そういうあらすじで書きました。そのときに着せる、神高き姫、神代（かみよ）の姫に着せる緋の衣。それは、死ぬんじゃなくて、生きるんですね。共同体を再生させる。

志村　：そうですね。

石牟礼：「沖宮」というのは、生命の母たちの宮、海底の生命の母たち、生命の宮が、沖宮なんです。

志村　：そこへ天草四郎はもう行ってるんですね。で、迎えに来るんですね。そのときに着る色ということなんですね、うーん……すごいわ。

石牟礼：ちょっと、それは、いい場面でしょう？

志村　：沖に向かっていく一点、赤いのがずーっと見えているんですね。

石牟礼：ずうっと、海辺から、みんな、見送っているんですよね、合掌しながら。雷様が鳴りひびいて、最初の雨が、お祈りしている人たちの顔に、喉に、はらりはらりと、最初の雨が落ちるんですよ、文言をとなえている喉の奥に、雨粒が落ちる。

志村：うーん。

石牟礼：そして目を開けると、もう、舟ごと見えなくなっている。

志村：すごい場面ですわ。

石牟礼：そして、海底へ、「花の道行きぞ」と言って。

志村：「花の道行き」……。

石牟礼：海底の花にいたしました。

志村：まさにそうなんですね、花の道行き。

石牟礼：天草四郎というのは、ほら、青春も何も手がかりがないでしょう。不思議な少年ですけど、歴史上生きていたんですよね。それで、四郎の青春というには、あまりに幼い相手ですけども、かえってそれがいいと思って、五つ、六つくらいに設定しました、あやを。

志村：それで紅花だったんですね。まさに「花」、茜でも蘇芳でも染められない赤です。すごい……。
石牟礼：助かりました、志村さんのおかげで、そういうイメージが湧いて。
志村：いえ私のほうこそ、ほんとに……その衣装を、織らせていただければ、冥利に尽きます。私、おとしでしたかしら、法隆寺の近所の古いお店で、紅の能衣装を見つけて買ったんです。
石牟礼：はい。
志村：その色がね、この糸どころじゃない、ほんとに、緋色なんです。それを目標にして、染めてみようと思って。ものすごく濃い、燃えるような紅ですけれど。それをね。
石牟礼：そうですか。それで、天のしずくのような青、「水縹色」というのは、四郎の衣装にいいなあと思って想像していました。
石牟礼：天草四郎っていうのは、ずうっと謎というか、不思議な人ですねえ。

どういう少年だったろう、会ってみたいと思います。「島原の乱」で百姓たちの側に身を捧げてしまったんですね。

志村‥その人が天草から出たというのが不思議です。

石牟礼‥ええ、それが不思議です。でも、天草では四百年くらい前、キリシタン大名たちがいて、その大名たちが派遣した天正少年使節というのがローマ法王に謁見して、帰国して秀吉のつくった聚楽第で西洋楽器を演奏したりしてます。

志村‥天草に？

石牟礼‥はい。天草には、宣教師も入ってます、長崎から。ポルトガル式ローマ字で『平家物語』が印刷されたり、宣教師になるための大学があったりして文明度が高いのです。パイプオルガンとか、今はもうなくなった西洋の楽器が天草にあったり。

志村‥そうですか。衣装なんかも、すごいのがあったんじゃないですか？石牟礼さんも『アニマの鳥』で、天草四郎が死ぬ前に着る衣装を細かく書いていらっしゃいますけれど。
石牟礼：よく絵に描いてあるでしょう、天草四郎の衿にひらひらの付いている絵。首のところがひらひらになっている。
志村：ええ、ありますわね。
石牟礼：あんなのを着たポルトガル人たちが、海岸線をつたって長崎から村々へ、行ったり来たりしていたんでしょうねえ。あれ、わたくし、着せたくないんですよ、四郎に。村々なんかにも入ったんじゃないでしょうか。船で行くと、山道をのぼったりしなくていいですから。
志村：京都でも東京でも、そんなの知らなかった時代ですよね、きっと。楽譜で歌うなんて。ああ、想像するとすごいわ。
石牟礼：その、天草に残っている古い楽譜で、今の人たちが合唱なさるのを、テレビで聞いたことがあるんですけど。
志村：まあ、そうですか。
石牟礼：あの時代に、こんな島々ではどんな装束を身に付けていたんでしょうか。何を歌っていたんでしょうか。すごいものが天草にあったものだなと思います。

――船でつながっているから、長崎と水俣は近かったんですね。

志村　：むしろ長崎が近くて、熊本は遠かったんですね、水俣からは。

石牟礼：はい。長崎は船に乗って行けば、そこに「花の都」がある。

志村　：そうね。作品を読ませていただくと、とても近い感じですよね。海沿いに行かれるんですね。

石牟礼：汽車やバスがなかった時代は、船が、陸上の道よりも、早い。船で行ったほうが早い。漁師さん、船で行く人たちは、あの山の、あの角度の、どのくらいの高さのところに、なんの木があって、と知っていて。

志村　：そんなところまで細かく……それ、目印なんですね。

石牟礼：なんの木があって、その下にはなんの魚がいる、鯛なら鯛が。それは親子でも教えないと（笑）。

志村　：まあ（笑）。そういうことってあるんでしょうね。

石牟礼：そんなふうに漁師さんたちはおっしゃいます。山が、海を養っている。
志村：そうなんですね。確かにね。
石牟礼：渚というのは、海の生命と陸上の生命とが行き交うところでしょう？
志村：ええ。
石牟礼：だから、それが、一方的じゃないんです。海が山を養っていたりして。
志村：そう、そうですね。
石牟礼：必ず呼吸し合っている。陸と海は。
志村：ああ、そうだわ。だから、漁師さんたちは山のことにも詳しい。
石牟礼：お詳しいです。そうして船でいく長崎のことを、水俣の二世代くらい上の人たちは、「花の長崎」と言ってました。「花の東京」とも言ってましたよね。私の小さい頃はね。
志村：ああ、そうですね。
石牟礼：今は「花の東京」って言わないですね（笑）。
志村：ふふふ。「東京砂漠」とかいって。

石牟礼：その前には「花の都」と言ってましたから、「花の都」が京都であった時代も、ありますし。

志村　：ありますねえ。で、長崎から仕入れた家具とか調度品、いろんなものを石牟礼さんのおじいさまの代には使ってらしたと書いていらっしゃいますよね。そういう交流があったんですね、きっと。

石牟礼：交流はあったと言ってましたね。

石牟礼：天草四郎というのは、どう考えてみてもわからない。ただ、幼少年時代はあっただろうと思って。

志村　：それは、そうですよね。

石牟礼：どういう子どもだろう、私の息子なら、どういう感じになるかなとか。

志村　：どういうところの息子だったんですか？『アニマの鳥』には書いてありましたね。

石牟礼：小西行長という武将がいます。切支丹ですね。豊臣(とよとみ)秀吉の家臣で、加(か)

藤清正のライバルの武将だった。

志村：朝鮮出兵に行かされた人ですよね。

石牟礼：はい。そして、関ヶ原の戦いで負けて。その小西行長の祐筆をしていたのが、四郎のお父さん。

志村：祐筆。書く人ですね。筆記係。

石牟礼：そうなんです。行長の祐筆係なんです。四郎の生まれた土地は、天草の上島のほうで、大矢野島っていう島なんですけども。天草四郎の出自のことなどは、あまり知られてないですね。その頃、天草には宣教師ヴァリニャーノがいたりして。夕べ、私のお手伝いをしてくれている女性が地球儀を持ってきてくれて、見せてくれたけど、ポルトガルと日本の間って、遠いですねえ！

志村：遠いですよ（笑）。地球を半周。

石牟礼：私は地理音痴でしてね、イギリスが海を渡って行かなきゃならないというのを、五十何歳まで知らなかったんです。

志村：それ、嘘でしょう？（笑）

石牟礼：ほんとですよ。知らなかったということを発見されて、言いふらされて（笑）。イギリスは、海を渡って行かねばならないということを、知ってから、愕然として。そのときに地球儀を買って、だから昨日も、地球儀で教えてもらって、ポルトガルと日本はこーんなに遠いっていうことを知って。

志村　：すごいわ。

石牟礼：その、遠いポルトガルから貿易に来て、向こう側の人たちから言えば、日本を「発見」して。そして、「そこに銀の国があった」とか言ってね。でも、その遠い国と交易のある「花の長崎」と、水俣はつながっていたんです。長崎と水俣を船で行き来していたその方々は、もう亡くなられましたけど、熊本は、汽車が通るようになってから知ったとおっしゃってました。

志村　：水俣の古い方々ですね。

石牟礼：水俣の地主たちが集まって、チッソを呼んだわけですけれども、ま、チッソ側が働きかけて、入ってきたんですけれども、その前は、水俣は二千五百戸くらいの小さな村だった。

志村：ああ、そうでしたか。

石牟礼：それで、まず電気会社を作ったんですね、鹿児島の北の方に。日本のナイアガラと言われている滝がありまして、そこに水力発電施設を作って、それで水俣に最初に電気を持って来たんですよ。

志村：ああ、そうなのね。

石牟礼：で、電気というものはマッチを擦らなくていいんだって（笑）。

志村：ねえ（笑）。

石牟礼：電気が灯った晩を、私、覚えてます。

志村：そうですか。

石牟礼：裸電球の下にみんなで座って待っていたんです。……それまではランプのほや磨きというのがあったんです。

志村：ありましたねえ。

石牟礼：ランプのほやには、子どもの手しか入らない。それが子どもの仕事だったんですけど、電気が来たら、ランプのほやも磨かなくていい。マッチも擦らなくていい。そんな灯りがあるんだって聞いたもんですから。

志村　：ああ、そうですか。

石牟礼：どういう状態か、分かりませんよね。それで、電気の点く日に、裸電球の下に家族じゅう座って待って。……ぱっと点いたんですよ。まあ、その時の驚きと言うのは、ありませんね。

志村　：そうでしょうね。

石牟礼：一生忘れない。

志村　：それはお幾つぐらいの時？

石牟礼：栄町というところにおりましたから。

志村　：じゃ、まだ、とんとん村に行かれる前？

石牟礼：はい、とんとん村に入る前。私の生まれが昭和二年で、まだ学校に行かない頃の話です。

志村　：四つ、五つの頃だと、昭和六、七年くらいでしょうかしら。

石牟礼：でしょうか。それで父が、「『蛍の光、窓の雪』ちゅうのが分かったろうが！」と申しまして（笑）。

志村：蛍の光、窓の雪！

石牟礼：忘れませんね。

志村：そうですか（笑）。

石牟礼：「蛍の光も、窓の雪も大事ぞ！」って（笑）。

志村：ほんとですよ、今になれば。すごい言葉……、蛍の光だったんですからねえ。

石牟礼：昭和初期ですね。

志村：石牟礼さんのお作品を読ませていただくと、水俣の方たちの言葉にしろ、感覚にしろ、とても品があって、格調がある気がいたしますよね。

石牟礼：いえ、水俣は違うんです。あれは我が家に伝わっていた言葉です。

志村：そうですか。

石牟礼：水俣一般ではないですね。

志村：やっぱり、天草で特別な事業をされていたというお家だからね。(10)

石牟礼：今の、道路をつくる人たち……道路公団？　よく材料を誤魔化す人たちがいるでしょう？

志村　：ええ（笑）。

石牟礼：全然違うんですよ、発想が。世の中が開ける、最初の手助けをするんだという気持ちだったんです。幼いながら覚えていた言葉、「根石を埋けるのが一番大事ぞ」と祖父が言ってました。「根石」って何だろうと思ってましたら、道路の一番下に、ここに道路を作ろうと思えば、一番下に敷く石なんですね。「根石は上から見えんと」って。「だけど、根石を疎かにしたら地崩れするぞ」と。

志村　：ああ、そうですか。

石牟礼：それで、どこどこ組が今度の流し……「流し」って梅雨ですけど、

(10) 石牟礼道子の祖父吉田松太郎は、石工の棟梁として、道路工事、港湾建設を請け負う一方、回船業も営むなど手広く事業を展開していた。道子の幼少時、両親は祖父の請け負った仕事先である天草で働いていた。

「梅雨で根崩れしたげな、根石をきちんとしていなかったに違いなか。人は一代、名は末代ぞ、そういう仕事をせにゃならん」と申しておりました。名は末代と……。それが話題でしたね。

志村：そうですか。

石牟礼：それで、大きくなってから、根石というのが分かりました。

志村：ああ、その時は、お小さくてお分かりにならなかった？

石牟礼：言葉だけは、あんまり毎晩言うから、覚えて。

志村：でも、それはやっぱり普通ではないわね、ちゃんと「根石」というのが頭に入ってくるというのは。やはりその、おじいさまの道路のお仕事が、採算をあまりお考えにならなかったと書いていらっしゃいますわね。

石牟礼：親類じゅうから「松太郎どのの事業は道楽じゃもん」って、言われてましたね。

志村：採算度外視して、なさるのよね。

石牟礼：度外視したつもりじゃないんですよ。儲かるつもりでもあったんですよ。

志村：そうだわねえ（笑）。

石牟礼：それが、帳簿が合わん。そして、信用貸ししてしもうたと言うております。

志村：ああ、そういうこともあるわねえ。

石牟礼：「信用貸し」という言葉も覚えました。

志村：ああ、そうですか。

石牟礼：で、計算ができない。計算ができないのが、私にも遺伝した（笑）。

志村：私、いま思い出したわ。石牟礼さんがお書きになったものの中に、道ができたので、村の人たちみんなで大急ぎで、新しい道を見に行ったと。そしたら、ひとりの人が舗装された道にポンと降りたら、足が焼けつくようになって痛かった。で、飛び上がって、もうこんなとこにはいられない、土の上でないと私ら生きていけないと、みんなで帰ったというような話が書いてあったの。きっと、そういう感覚だったんでしょうね、昔だったら。もう土以外のところは歩けないと。それが今や、ねえ。
石牟礼：そう。どこか遠いところに道ができたそうだと言って、みんなで弁当持って見に行こうかと言って。
志村：弁当持って（笑）。
石牟礼：そう。それで、その道を通らずに……。何と言うか、道は、こう、立派にできてる。で、村の人たちは、その道を通らずに見に行って、その周辺を、こう、まわっている。
志村：見物している。
石牟礼：そのうち、誰か降りてみろと言って。でも、足を降ろす者がいなかったんだそうです。
志村：ええ。
石牟礼：そばまでは行くけれど、誰も足を降ろさない。そのうち誰かが、押すかなんかして。
志村：ええ、降りて。

石牟礼：足降ろした、と思ったら、もう、飛び上がって。
志村　：そのお話、私、読んで、もう、可笑しくて。
石牟礼：飛び上がって帰ってきたそうですよ、恐ろしかったあーって。
志村　：自分たちの歩くところじゃない、という、ね。
洋子　：アスファルトだから熱かった？
石牟礼：まだアスファルトではなかったんです。なのに恐ろしかった。
志村　：そうそう。異様な感じがしたんでしょ、足の感覚としてね。でも、それは今日のいろんなことを含んでいて、いま、大地を密閉してしまった文化ですよね。それが、いろいろ起きてきている原因ですよね。最初のその足がね、語ってるんですよ。否定しているの。すごいなと思って。もうひとつ、私ね、お書きになったもので強く印象に残っているのは、新聞を、その村のおばあさんたちはカライモやなんかを包むものだと思っているというお話。新聞は、読むものじゃないのね（笑）。そのお話が、すごく面白くて。
石牟礼：「ああー、新聞というのは、ものを包むためにある」って。だから新聞紙（ぶんがみ）という。

志村：（笑）。

石牟礼：「新聞もなくなったと言えば、もう、包むものもなくなった」と、大変恐れていましたね。

志村：最新の情報とかいろんな知識を入れた新聞を、「読む」ものではなく、「包む」ものだという、最初はそれが一番正しかったと思うの。情報ばかりあふれている現代からみれば……すごいお話だと思いました。

石牟礼：親類たちが寄ると、松太郎どのの、あっちの山も売って、こっちの山も売って、とうとう最後には宝の山だった宝川内（ほうがわち）という、村の名前ですけどね、水俣の山奥に今もあるんですけれど、片っ端から道に食わせてしもうたって。

志村：あ、そうか。

石牟礼：せっかくご先祖様が残しておいた山々を道に食わせてしもうたと。一族がはらはらして。本家ですから。本家の山がなくなるというのは、自分たちにも影響があるわけですからね。それで、「食わせてしもうた」って、「とうとう最後の宝の山も食わせてしもうた」っておっしゃるんで。

志村　：ほんとうにねえ。

石牟礼：それを聞いて、私も、道というものは鎌首のように先端がなっていて、山をこう、切り崩して食べてゆくのかと……。

志村　：ほんとうにそうよ、ブルドーザーでね。

石牟礼：そう思ってました。道というのは恐ろしいもんだと。

志村　：ほんとですよ。道ができたためにいろいろな災害もおこってきます。

石牟礼：だから、道子、道子と言われると、なんだか落ち着かない（笑）。自分の名前を呼ばれると、ぎょっとするような。

志村　：でも、道子とお付けになったんですよね。大事な「道」ですからね。

石牟礼：だけど、鎌首。山を食うというから、あの山を食う道というのはどんなだろうと。

志村　：現にいま、そうじゃないですか、どこの山もみんな削り取られちゃっていて。

石牟礼：今はそうですねえ。
志村　：鎌首は、想像やたとえじゃなくて、ほんとだったんですよ。
石牟礼：はい、山を食わせてしもうたって。
志村　：そのとおりですわ。
石牟礼：一族からうらまれてました。「おまえさまは総領息子でありながら、しかも本家の総領息子でありながら、どうしてくれるとかえ？」って。祖父の姉さまにあたる、ばばさまたちから座らせられて、祖父が長ーいキセルで、煙草を詰めるんですけどね、詰めそこなって落としてばっかりいて。
志村　：まあ……。
石牟礼：ばばさまになっても、弟や妹に対しては発言する権利が、威厳があるんですね。
志村　：威厳があるのね。
石牟礼：そして「あら、ばばさまになっても、姉さまというのは、弟や妹がかわいかつばいなあ」と思って。というのは、仏様にお供え物があるでしょう、おさがりをいただきますでしょう。

志村　：はい。

石牟礼：そうすると、それは最初に姉さまが見つけて、お降ろし申せって言って、降ろすと、それを一番妹のばばさまにあげるんですよ。

志村　：あら。

石牟礼：年取っても、姉さまというのはこんなふうにしなきゃいけないのかと思って。

志村　：そうなんですね。

石牟礼：そういう祖父の姉さまたちが来て、ときどき意見をするんですよ、弟に。弟も、おじいさんになろうとしているのに。

志村　：なるほどねえ。お姉さん、親代わりの気持ちなのよね。

石牟礼：そうですね。それが三人、祖父の上にいるもんだから。

志村　：それは大変だ（笑）。

――震災のあと、石牟礼先生が朝日新聞のインタビューを受けられた時、全部道が密閉されて、土が呼吸できなくなってしまって、息をついたのが今回の地震ではとおっしゃったのが、印象に残っているのですが。

石牟礼：私、東京に行きますと、もう本当に呼吸ができない感じになりまして。

志村：私もできない。

石牟礼：東京だけじゃありませんけど、熊本もそうですけど。「花の東京」とひと頃言われたのに、どこを見てもコンクリートで塞がれてますでしょ。

志村：ええ。

石牟礼：個人の家も、それから企業も、お店も……。

志村：ええ、ええ。

石牟礼：そして、なんであんなことするんだろうと思いますけど、丈の高いビルがありますでしょ。大地が呼吸するどころか、これじゃ息するところがないじゃないのと思ってしまって。

志村：人間が住む所じゃないですよね、あんな中空で。

石牟礼：はい。

志村　：あれは本当の呼吸を、もう、してないですよねえ。

石牟礼：してないですよねえ。

志村　：だから、ある人がガラス張りのビルを見てね、牢獄に入ってる人たちがいるって言ったって。

石牟礼：そうです。うちの母は、テレビで東京の様子を見るわけですね。そうすると、「道子、東京に行けば、窓の並んでおろうが。あの窓のひとつひとつに玄関のついとるのかねえ？」って。

志村　：ああ、ほんとね。

石牟礼：「で、そこで靴ば脱ぐとね？」

志村　：不思議ですよね。

石牟礼：あの窓の下に靴や下駄が並んでると思ってる。

志村　：（笑）

石牟礼：それは不思議そうに言ってました。

志村：そうですよね。ものすごく不思議な世界ですよね、昔の人から見れば。八階以上は、人間が正常に住むところじゃないっていわれるのを聴いたことがありますけれど、もう何十階ですからねえ。

石牟礼：そしてそれを、自慢そうに。

志村：そうなの。一番の高級だと思って。高級マンション。

石牟礼：東京で、チッソ(11)の前で座り込みをしていた時に、はとバスというのがありまして、今もあるんでしょうかね。

──あります。

石牟礼：で、東京の名所を回るんですよね。それで、水俣から出てきた患者さんたちは、はとバスちゅうとに乗ってみろっていうんで、乗った人もおりましたけど、だけど私は全然その気持ちにならないで、なんだか東京と、全体の土地が、まあ、なんというか、空中に漂っているというか。

志村：虚構です。

石牟礼：なんか変なところで生きている人たちが多い。しかし大地は全体を抱えているわけで。抱えながら、どう思っているのかしらと思って。それで、ふーっと息をついて、吐き出した。関東地方の地核が。その息を吐き出したのがこの前の地震だろうと。

志村　…私もこの間、埋め立て地のお台場のホテルに、二晩泊まったんです。もう、埋め立てでしょ。下は、海に土をちょっとやっただけのところ。そこに、すごいビルが建っていて、きらびやかな、近代的なホテルでみんなが遊んで食べて、やってるでしょ。おそろしい。あれ、一挙にぶわーっと崩れそうな恐怖感がありましたね。

石牟礼…東京は、地震になったらどうなるんでしょう。

志村　…どうなるんでしょ。

(11) 水俣病は、チッソ水俣工場が排出した廃液に含まれるメチル水銀化合物が原因となってひきおこされた。石牟礼は一九七一年から東京のチッソ本社前で行われた抗議の座り込みに患者らとともに参加した。

志村：今日は色についての根源的なお話が伺えると思っていました。いま、石牟礼さんに、魂の発色って言っていただいて、嬉しい。それと私、ここまで色を大事にしてきた民族って、日本が一番ではないかしらって思うんですよ。

石牟礼：私も、他の国のことは存じませんけれど。

志村：そうそう、存じませんけれど（笑）。

石牟礼：私もそう思います。渡辺京二[12]さんが『逝きし世の面影[13]』で書いておられましたけれど、江戸時代の末期に日本に来た外国人が、大変印象的だったのは、日本人の生活の中に「藍」があるということが……。

志村：藍ですね。

石牟礼：そして家の前に布を下げているということが……。

志村：ええ、ええ、藍染めのね。

石牟礼：藍染めというのは、外国人は知りませんから、ブルーの色が基調になっているということを、その外国人が書き残しているってお書きになっておられる。

志村　：そのとおりです。

石牟礼：ああ、そうだなあって思って。

志村　：私なんかもそうなんです。私の生家がね、いつも藍染めの麻の暖簾を掛けていたんですよ。それで母(14)はいっつも藍の着物を着て、藍の着物以外着たことないような人でしたからね。私たちも、藍というものがもう、血に染みこんでいるような気がするんですよ。

石牟礼：藍無地と言いますでしょ。

志村　：藍無地、言います。

(12) 熊本市在住の思想史家・歴史家・評論家。石牟礼道子の『苦海浄土』執筆当時から一貫して秘書的な役割で長く支えている。(13) 開国前後にこの国を訪れた異邦人たちによって書かれたあまたの文献を渉猟し、それ以後の日本が失ってきたものの意味を根底から問うた大冊。一九九八年葦書房刊。一九九九年度和辻哲郎文化賞受賞。その後平凡社ライブラリーに収録。(14) 志村の実母・小野豊は、柳宗悦の民藝運動、黒田辰秋・青田五良(ごろう)の上賀茂民藝協団に参加し、富本憲吉らと親交があった。その母の影響で、志村は染織の道に入った。

石牟礼：それは手で触ると、目が見えなくても分かりますよね。
志村　：はい、分かります。
石牟礼：糸の感じで。
志村　：匂いもしてくる、藍の匂い。特別な匂いですからね。
石牟礼：今度いただいた『しむらのいろ』[15]というご本の中に、あの手はどなたの手でしょうか、藍に染まっている手のお写真がありました。
志村　：ああ。洋子の手ですね。
石牟礼：そうなんですか。あれを見て、懐かしくて。小学校の一年生、二年生の時に同級生だった友達の家に遊びに行きますと、そこは「藍染屋さん」と言っていましたけど、玄関に、こんな大きな甕が六つ並んでいるんですよ。
志村　：そうですか。
石牟礼：そこを通って家の中に入らなきゃならない。で、そこを通るとき、彼女のお母さんだか、おばさんだか、女の人たちの手が、藍色に染まっているんですよね。

志村　：ああ、そうでしたか。

石牟礼：それで、どうしてこんなに青く手が染まっているのかなと、ずうーっと怪訝に思っていました。そうしましたら、その同級生の御主人の弟さんに私の妹がお嫁に行きまして、そういうこともございまして。染め物をなさる人の手は、青いのだと思い込んでましたが、写真にばっちり写っていて。どなたの手だろうと。

志村　：手を洗っても、爪だけが残るんですよね、青く。青い爪になってしまうんです。

石牟礼：ああ。

志村　：他のところは落ちても、爪だけは残ってしまう。青い爪です。

石牟礼：あれは石鹼かなんかで洗うとすぐ落ちるんでございますか。

志村　：落ちませんね。

（15）志村ふくみ、洋子の作品集。二〇〇九年求龍堂刊。

石牟礼：今、どんな手をしていらっしゃる？
洋子：今は青くないですけど、うちの生徒はみんな青いです。
志村：若い子の手が、みんな真っ青ですね。でね、手を藍甕に浸けるとね、すっごくいい気持ちなんです。独特の、優しい、なんかこう振動があるんですね。私、これは何だろうと思うとね、やはり、それは生命体なんですね、一つの。甕の中が、宇宙なんですね。小さなミクロコスモスの中に手を突っ込んでいるような感じなんです。
石牟礼：うわあ……。
志村：そしてそこに生命が宿っているから、皮膚感覚のところにパーッと寄ってくるんですよ。生命体のなにかが、こう……。そして、ものすごく気持ちがいいんです。手を浸けてると。
石牟礼：はああ。
志村：気持ちが休まるんです。ある、肺がんを病まれた方が、一度うちにいらした時に、志村さん、手を浸けていいですかとおっしゃるから、はい、どうぞって申し上げたんです。その方、しばらく手を浸けていらして、そして夜にお電話があったんです。今夜はすごく気持ちがいいって。胸が痛くなくて、よく眠れそうですって。そういうなんか、こう……命の壺ですね、あれは。

石牟礼：命の壺。

志村　：海ともいう。……私はね、湖のような感じがしているんですね、藍の壺というのは。なんか、命がそこに宿っているという感じですねえ。ですから、他の染料とは全然違うんです。これは植物を炊きだして色が出るんじゃなくて、植物を発酵させて別の次元にして、そこで守っていくというか。ね、あなたちょっと、月の話を、してみない？

洋子　：(笑)。私が、ここ三十年ですけれど、この仕事をはじめて何がすごいと思ったかというと、日本人が藍を発見し、育て、その文化を作ったことが、私はなにか最高に気高いことをやっていたな、と思うんですね。月と藍の関係もそうなんですけども。

石牟礼：お月様と藍？

洋子：ええ。やっぱり満月のときが一番きれいに染まるんですよ。

石牟礼：ほう。

洋子：うちは月の暦で藍を建てています。新月に仕込み、満月に染めるというサイクルです。

石牟礼：ほう。

洋子：ずっと、この十年くらいは、そういうふうにすると、まず、藍建ての失敗はないのです。藍は条件が揃えば必ず建つんです。

志村：そうなんです。建つというのは生命が宿るっていうことでしょうか。

石牟礼：藍は「建つ」と言わなければならない？

志村：ええ。毎日毎日かきまぜては機嫌をみるのです。色とか匂いとか。

石牟礼：はああ。

洋子：満月のときには発酵の状況が……満月だと藍も興奮するんでしょうかしら。

石牟礼：あの、赤ちゃんが生まれるときは、満潮だとか。

志村：そうそう。

石牟礼：山の中でも言いますもの。

洋子：そうよねえ。

志村：やっぱり、満ち潮、引き潮、あるんですよね、この宇宙の中でね。

洋子：その法則に適えば、色彩は秘密を打ち明けてくれると思います。藍はそうやって色が出るという確信を持っています。いま先生がおっしゃった、藍甕のある家の人の、手が青くなる。何だろうという、最初のぎょっとする感覚がとても大事なことと思っているんです。この「藍建て」、藍を育てて藍で染めることを、日本の教育の中の、どこかに入れてほしいというのが、最近の念願になっています。こちらから働きかけないとありえないので、まだ母が元気なうちに、この藍建てを、教育に役立ててほしいと思っています。

石牟礼：はい。

洋子：甕でないとダメなんです。ポリバケツでやっている人は、いますけどね、違うと思います。

石牟礼：ほう。

洋子：甕を、土に埋めることが大事だと思います。

志村：そうです。

洋子：そして、蓋を開ければ、月光が射し込むような、そういう自然と呼応する環境でできれば理想的ですね。これからは、そういうことを本気で働きかけようかなと思っているんです。

石牟礼：今しないと、だめですね。

志村：やっぱりそうですね。

石牟礼：もう間に合わない。

洋子：もう地球がだめになるので。

石牟礼：はい、地球がだめになります。

洋子：今だと思ってます。

志村：今ね、もう私も余命いくばくもないので、この人がやりだすんで、やろうかと思っているんです。

石牟礼：まあ。

志村　：藍を中心にした、染織の新しい学校。

石牟礼：まあ。

志村　：そういうものをやりたいんです。学校というか、学びの場をね。藍が、一番、最初から終わりまですべてを語っている。地球のことも語っている、人間のことも語っている、すべてをこの壺の中で語っていると思うんですね。で、そういうことを感知できるのは日本の民族かもしれない。私の母がね、日本の藍ほど精神性の高いものはないと言ったんです。

石牟礼：ほう！

志村　：なぜ、そんなこと言ったのか、わからないんですけど。世界中どこでも藍はやってるかもしれないけど、日本人ほど精神性の高い藍を育てている国はないって。それで、あなた、絶対に藍をやってくれって言ったんです。自分で藍壺を買ってきて……まだ私がやっていない時ですよ、庭にごろごろ置いてあったんですよ。それで私もね、これはしなくちゃいけないと。で、自分で藍を建てだしたら、やっぱり藍を建てることによって、他の色の水準がパーッとこう、上がってきて。

石牟礼：まあ。

志村：藍といっしょに、こう、新しい……なんて言うんですかね、今までの次元の、ただ染める、ただ美しい色が出たということではなくて、今、洋子が話した月の満ち欠けのように、なにか宇宙的な力がそこに働いてくるということがだんだん、わかってきたんです。藍のおかげなんです。で、洋子が藍を本格的にやりはじめたあるとき、たまたま屋根が破れていたおかげで、月夜で、月の光が甕に射したんですよ、その時ね、初めて……。

洋子：藍を育てるってことは、母の時代はもっと大変でした。守らなくてはいけない、育てなくてはいけないというので、みんなで大騒ぎで、夜中も見に行ったりとか。

志村：していたんですよ。

洋子：舐めたり、飲んだり、いろいろ、なんか信念で建てるみたいなところ

が結構あったりして。

志村：悲壮な思いで、建てていた（笑）。

洋子：私はそういうことでもなくて、あるところは科学的にやればいいし、そして結果をどう文学的に表現するかは、それは、したらいいですけど、どうやったら一つのサイクルの中で建てられるかということをやっていた時に、夜中に行ったら、たまたま藍甕の蓋が開いてて、満月の光が射しこんでいた時の藍の表情がね、これが、ふつふつと、藍分が下から上がってきて、本当につややかで、紫色で。……表面は藍色というより、紫なんですよ。

石牟礼：ほう……。

洋子：赤みが差してるからでしょうか。

石牟礼：ほうｰ。

洋子：で、紫色だったので、紫というのは色が充実しているので、絶対いい色が出るという予感がしました。翌朝早く染めたら、まあ、それが本当の、群青色。満月での染めはそこから始まったのです。

石牟礼：はい。

洋子　：藍、「あい」という言霊ね、日本人の愛情表現ですね。インディゴって他の国で言ったりもしますけど、「あお」と「あい」であおを「あいする」、いろんな意味を含んでいて、色と言葉と、それから技術が一つに集約されている存在というのは世界中でそうないと思っているんです。それを教育に活かせたら、日本のいろんな文化の根源と接触できるんじゃないかという、予感がしてるんです。

石牟礼：はあ、なるほど。

洋子　：今始めないと遅いと思って。

石牟礼：今の藍のお話を伺いながら、しきりに思い出しますのは、海岸線のことです。生命が満ち満ちていますでしょう、海岸線というのは。それが最近は、波の音が、海岸線に行きましても、なんていうか、パターン、パターンという、なんかぶつかる音……。

洋子　：溶け込んでいないんですね。

石牟礼：波が静かにあがってくるんじゃなくて。

志村：昔はどうだったんですか？

石牟礼：昔はもっと繊細な音が、さまざま入り混じって。そして、昔は、岩の一つ一つが貝たちの集落だった。いまは、大岩小岩ぜんぶコンクリートのなかに封じ込めていますけれども。

志村：ええ。そうだわ。

石牟礼：いろんな貝たちが岩の割れ目につながったり重なったりして、ずーっと、生きていたり、一枚貝は鮑のようなものから、姫が皿(16)とか、陣笠みたいな形をしたものやら。

志村：牡蠣殻みたいなねえ。

石牟礼：もうさまざまな貝が、一つの岩にくっついていて、もうその岩のそばを離れさえしなければ、たくさん貝類を集めることができた。それがセメントで塗りつぶされていって。

志村：そうそう。

石牟礼：原初の時代の貝たちが活きていたんですよね、原初の生き残りたちが。その貝たちが、いなくなっていってます。それで、ほんとにもう海岸線も滅びていきつつあるんですよ。いま、お話をうかがった藍甕というのは、まだ現代に呼吸をしている最大のものだなと思って。

志村：ああ、そうですね。

洋子：そう、最後かも。

志村：藍甕の匂いとか艶とか、いろいろ五感で感じるものがね、全部そこに集約されてあるんですよ。だから、朝、ぱっと見た時の艶とか、人間の皮膚と一緒のようにね、生き生きしてる。それから、匂いがぱーっと立ち上ってくるんですよね。そういうのを捉えなければ、藍は育たないと思うんです。いま科学で全部やるんでしょ。でも私たちが考えている科学は、自然の科学、自然の法則なんです。結局、それを捉えなければ、藍は建たないと思います。

---

(16)　ヨメガカサ。一枚貝。

石牟礼：藍染屋さんの前を通ると、匂いがしてました。
志村：そうそう。
石牟礼：それで昔の町は、水俣の町の、ひと通りしか知りませんけれど、一軒一軒、その家の音というのか。
志村：匂いとかね。
石牟礼：匂いとかありましたねえ。
志村：それがなくなっちゃった。
石牟礼：それが、蹄鉄屋さんの、馬の蹄鉄を修繕する家の、ふいご(17)の音とか。夜が明ければ、花芝(はなしば)売り(18)さんの、「花芝は〜いらんかなあ〜」、という声とかで、夜が明けていたんですよね。
志村：そうね、ほんと。そういうことが消えていきましたね。
石牟礼：やっぱり、このままでは、もうだめですね。
志村：だめですね。もう取戻しできませんね。最後かしらと思って、こういう仕事も。でも、誰かに伝えたいんですよね。伝承していきたいですね。

洋子　：だって、藍を育てようと思うと、まず、いい木の灰が、木灰がいるんです。灰が命ですから。

石牟礼：灰って、あの？

志村　：木灰。

石牟礼：はいはい、お宅は薪を焚かれますよね。

洋子　：それが焚けなくなったんですよ。条例とかなんとかで。

石牟礼：あら。

洋子　：京都でも、焚いたらだめです。

石牟礼：どうなさるんですか、どうやっておつくりになる？

志村　：うちの近くに、佐野藤右衛門さん(19)という桜守の方、あの方の家が、た

(17) 金属の加工、精錬などで高温状況が必要となる場合に、燃焼を促進する目的で空気を送り込む道具。(18) 神前に供える榊などをうりにくる人。(19) 江戸時代、天保から続く庭師の名跡。当代は第十六代で、日本全国のサクラの保存活動をし、「桜守」としても知られる。

くさん植木を刈るので、灰を作ってるんですよ、木で。それで、「志村さん、灰がいるなら、僕のところにあるよ」っておっしゃってね、それをいただいたり。

洋子：炭は作っているでしょ、和歌山とか、備長炭とか。そういうところから、炭を焼いた時の灰を分けていただいたり。

志村：そこは、不純なものを入れていない、純粋な灰ですからね。

洋子：それを分けていただいて、それで建てています。

志村：灰の質が良くないと、藍の質もよくないんですよ。

洋子：だから、森がなくなったら、だめですよ。できません。

石牟礼：ああ、森がなくなっていきますね。

洋子：いい灰がなかったら、色が出てこないのです。

志村：それを今ね、苛性ソーダ何グラムとかいって、ポッと入れるとね、それでおんなじだと言うんですけどね、全然違うんですよね。

洋子：ペーハー（pH）だけ合わせても。

志村　：違うんです。それと今の、月の満ち欠けの問題とね、一緒なんですよ。

石牟礼：はい。

志村　：そういうことは、今はもう言わないですからね、みなさん。

石牟礼：月の満ち欠けというのを一つ考えても、全体は、もっと密接に、呼吸し合うようにつながっていたと思うんですよ。

志村　：そうなんです。陰暦でつながっていたんですよね、みんながね。

石牟礼：つながっていたのが、ぷつん、ぷつん、切れていって。

志村　：桜が満開の日は、必ず、満月なんですよね。今年もそうだった。

洋子　：そう、開花予想がすごくずれたのに、満月だった。

志村　：すごい枝垂れ桜のところに、満月がぽうっと出てるんですよ、今年も。だから、月と桜の関係もあるんですね。

洋子　：満ち満ちる、というのはみんな呼応しあっている。満月もそうだし、色もそうだし、子どももそうだし。まだ見る目があるし、まだ語る言葉があるから。

志村：そう。
洋子：語る言葉はすごい大事だと思っています。
石牟礼：そうですね。
洋子：語る言葉というか、満月と藍が絶対にこれは呼応し合っている、と思い切るということが、とっても大事で。あ、そんなの、満月じゃない時でも藍は建つし、色は出ますけれど。満月の時の藍の色は、これが本当の藍なんだ、と言い切って、信じて、行動するということが重要なんです。ここ二十年その思いでやっていて、色は裏切りません。ますます藍の色というのは、素晴らしい。
志村：素晴らしいですね、ほんとに。
洋子：深まれば、紅でもなんでもなんでも、素晴らしい深みがある。
志村：応えてくれる、必ず、応えてくれると思いますけど、そこまでね、まだ。
――（染め糸を見ながら）ここまでが紅で、青いのが天青、臭木ですね。その右側は？

志村：紫根[20]ですね。で、黄色はくちなし[21]。

石牟礼：黄色はくちなし！

志村：はい、で、この緑は、かけたんですね、藍と黄を。

石牟礼：藍と黄をかけられた、はあ……緑……。私、小学生の絵の時間に、青と黄を塗り重ねて緑にしていました。

志村：で、もうひとつ大変な色が紫ですね。紫がなかなか出ないんです。

石牟礼：こういう色を、よくもまあ、こんな色が出ますねえ。

志村：いや、まだ出ないんです。ほんとね、満足する紫は、まだ染められていないんですけど、もうね、紫根がなくなっちゃったんですよ、日本に。

石牟礼：あら。

志村：温暖化で、どんどんどんどん。紫根が植わっているところはもうない

---

(20) ムラサキ科の植物「ムラサキ」の根。紫色の染料となる。(21) アカネ科の常緑低木。果実が黄色の染料となる。

んです。で、いま使っているのは、内モンゴルとかね、あっちのほうの紫根なんですけど、ほんとは日本の奥州あたりの紫根がいいんですよ。今度の津波があったあの辺ですよね。

石牟礼：そうなんですか。

志村：あの辺でムラサキが山の中に自生していて、それを南部紫と言いますけど。

石牟礼：南部紫。

志村：ええ、南部紫です。それはないんです、もう。でも紫は、ほんとに大事な色で、京都でも、紫野っていう地名が残っているわけですから、昔はずいぶん植わっていたと思うんです。それから滋賀県の蒲生野（がもうの）の辺りで歌われた、『万葉集』の額田王（ぬかたのおおきみ）の有名な歌に「あかねさす　紫野行き　標野（しめの）行き　野守（のもり）は見ずや　君が袖振る」ってありますけれど、あれも紫野ですから、あそこに植わっていたはずなんです。でももう、ないんです。それをなんとかして、私たちがもう一度、紫をやりたい。

石牟礼：昔の人たちは、染色屋さんとかなくて、自分たちで染めていたんですよね。

志村　：自分たちでね。そうです。

石牟礼：よくまあ、蚕からあのほそい糸をもらうことを、どうして思いついたんでしょう。

志村　：ほんとに、糸を作るだけで大変なことです。いま日本で養蚕しているとこ、少ないんですよ。ほとんどもう外国。中国とかベトナムとか……。

石牟礼：小学校の同級生に、蚕を養っている家があって、連れて行かれると、もう、家に入ったとたんに、サクサクサクサクサク……。

志村　：ああ、蚕が桑を食べているのね。

石牟礼：ええ。桑を食べる音がして、びっくりしたことがありますけど。

志村　：いま、人工飼料ですからね。桑を使わない。

――いま人工飼料なんですか、蚕も？

洋子　：もうずっとよ。

志村：最後の、五齢、いよいよ繭をつくる直前の時だけ、桑をちょっとあげるんですよ。桑をいちいち取りに行くのも、大変な労働でしょ。
石牟礼：桑畑ってありましたよね。
志村：だんだんなくなってますねえ、いま。
石牟礼：今は見ませんね。
志村：今は人工飼料なんですって。昔は桑の実を取ったりしましたのにね。美味しいですよね、桑の実。
石牟礼：美味しいですね、食べると口のまわりが黒くなって、歴然と分かりますね（笑）。人工飼料って、何を食べてるのかしら？
志村：桑の粉末に、「おから」のようなものを混ぜているらしいんですよ。それに、さらにいろんなものを混ぜて作ってるらしいです。
洋子：いまは金粉を食べさすんですって。蚕の飼料のなかに金粉を入れると、吐く糸に金が混じるんですって。それが特別の価格、高く売れるんです。
志村：いやですね。残酷なことをする……。

洋子：本当に商売って何を考えるかわからない。食べさせて、吐かす……。

志村：失礼ですよね、蚕に対してね。

石牟礼：そうですね。

洋子：どこまで行くか、わからないです。で、高く売るんですよ。

志村：それで、繭を作ってしまいますでしょ。それを破って出てきて、蛾になりますよね。

石牟礼：はい。

志村：あの時は、自分の唾液で繭を溶かして穴を作って、そして出ていくんですよ。

石牟礼：ほう。

志村：食い破るということはしないの。自分で作った繭ですから食い破らない。だから濡らして、そして溶かして、そこから出て行って、そして蛾になって卵を産んで、ひょっと死ぬんですよね。だから、蚕の一生って、素晴らしいですよね。

石牟礼：ご苦労様ですねえ。
志村：すごいことですよ。
石牟礼：人間はいただいてばっかりで。
志村：そうなんです。
洋子：でもいまの蚕は、自然界の中では生きられない。人工的に改良されて作られているでしょ。
志村：今の蚕はね。昔はみんな天蚕(てんさん)(22)でしたよね。
洋子：だから、今の蚕は、口が閉じて出てくるんです。繭から出た時にはもうお水も飲めないし、食べないし、産むだけという宿命なんですね。
――じゃ、最後に吐くのが、繭を溶かす唾液？
洋子：そして力いっぱいで卵を産み付けて……。
志村：それで卵から幼虫が生まれるころに、ちょうど、桑が芽吹くんですってね。もうちゃんと自然がそうなっているんです。呼応してるんです。だから、そういう法則を、破っちゃいけないですよね、人間が。

石牟礼：そして桑の木の根元の方は、こう……なんだか広がって。
志村　：そうそう。
石牟礼：こんなに上に伸びる形にはならないで、こう、（横に）枝が伸びてますでしょう。そして、一番厚いところでは、琵琶になるんでしょうかね。
洋子　：へえ、楽器になるの。
石牟礼：楽器になる。おなかの膨らんでいるところ……（ブザー鳴る）。あ、お薬の時間のお知らせですね。忘れないように。これを忘れるんですよ。
志村　：これ、なんのお薬ですの？
石牟礼：これは、パーキンソンの薬。
志村　：お飲みになると、いいんですか？
石牟礼：しばらくは効きますね。で、飲まずに忘れると、どっとくたびれます。

---

(22) 日本在来の野蚕。ヤママユガ。クヌギ、コナラ、カシワ、シラカシなどの葉を食物として全国の山野に生息する。天蚕糸は家蚕糸より光沢が美しく、太く丈夫で珍重される。

志村：まあ、そうですか。
石牟礼：そして、これは、頭の中から出るドーパミンという物質がなくなるのを補充する化学物質でして、これにも副作用がございまして、効きはじめると、体がなんとなく揺れてくるんです。
志村：ああ、そうなんですか。
石牟礼：すっかり揺れなくなると、元気もすっかりなくなります。
志村：そう、つらいですね。
石牟礼：でも、やっぱり、元気があるほうがいい。
志村：そうね、ありがたいというか、お薬もね。
石牟礼：今日は、私、大変バカなことを言っていると思います。
志村：とんでもない！ そのバカな、とおっしゃっていることがすごいんですよ。まともなことだったら、面白くない。なにも、まともなことなんか、誰でもしゃべりますよ。私もいま、変なこと言いましたけどね（笑）、でも、ほんとにそういう話は世に満ちてますから。世間のみなさん、いろんなものをよく読まれて、ご存じですから。そうでないことを、もう、石牟礼さんじゃなきゃ言われないこと、私もそういうものに反応する、そこらへんじゃないかしら。

石牟礼　まともなことは全然言いませんので（笑）。

志村　まともを、もうひとつひとつ乗り越えちゃってるから、そのままでいいんじゃないでしょうか。いま、情報というものが、いかに人間をスポイルしてしまっているかということね。その情報の象徴である新聞を「お芋を包む紙」と思う、そのエピソードが、私、すごく象徴的な気がするの。こんなあふれるほどの情報がなかったら、もっとなにかイキイキしたものを把握できてたかもしれないのに。

石牟礼　いや、私、一番大事なことを言い忘れておりましたけど、あの、私の全集の装丁の布を織っていただいて、ありがとうございました。

志村　いいえ、とんでもありません。

石牟礼　一番に言わなきゃいけなかったのに、ああ、今思い出してよかった

（笑）。

志村：私の方こそ、ほんとに光栄です。

石牟礼：ありがとうございます。私も、小裂というか、古裂を沢山持っているんでございます。段ボールいっぱい、きれいに整理しておけばよかった……でも、手が不自由になりまして、それでなくとも、なんでものろまなので。母の時代からボロ布を集めているんですよ（箱をとりだし、開く）。

志村：まあ、こんなにいっぱい！

石牟礼：これは全集の装丁をしていただいたときに、最初にいただいた布です。

志村：ああ、そうでしたか。大島。紬。結城。これは柿泥(23)と書いてあるわ。小国(おぐに)の柿泥……。これは真綿染。丹波布みたい。藍染ですねえ。まあ、イカット(24)やバティック(25)もある！

石牟礼：今は作りませんけど、何でも自分で縫ってました。

志村：これ、なにか活かされたらいいわね。裂帖を作られたらどうですか？こんなふうに。

石牟礼：真似しようかな。

志村　：真似してください。こういうふうに紙の間にはさめばいいんです。で、端に糊をつけて。

石牟礼：よくまめに、このようになさいますね。

志村　：こんなの何冊も作ったんです。まだ作っています、いま。

石牟礼：叔母が裁縫が好きでして、叔母の裁縫帳がどこかにあります。それはすごいのがあるんです。

志村　：こうしてお会いできて、夢みたいだわ。

石牟礼：おいくつになられました？

志村　：八十八です、ねえ。

石牟礼：私は八十五でございます。

志村　：ああ、じゃ、三つくらいしか違わないのね。

---

(23) 柿泥染。柿渋で染めた色を鉄分の多い水に浸して、濃い灰色に染める。(24) インドネシアの伝統的な絣(かすり)布。(25) インドネシア・マレーシアのろうけつ染めの綿布。

石牟礼：姉(あね)さま。
志村　：もっと違うのかなと思っていた。ふふ、いい年になっちゃって。
石牟礼：目の手術をしたばかりで、目が腫れております。まあ、恥ずかしい。
石牟礼：なんか、ごはんともいえないんですけれども。
志村　：まあ、申し訳ないわ。
洋子　：昔、家族で水俣にうかがって、お酒飲んでいっぱい食べましたよね。息子も一緒に、大変にごちそうになったことがあります。
石牟礼：ごちそうをつくるのが大好きで。今はもうつくれませんが。一週間くらいまえ、魚市場みたいなところに、お医者さんに行った帰りに寄りましたら、きれいなシャケが目について、それで買いたくなってしまって、何に使おうかと考えていたら今日、これを思いついたんです。
志村　：なんていうお料理かしら。
石牟礼：初めて作りましたから、名前は、まだない（笑）。生シャケに沖縄の塩をして、梅酢で〆て。お箸を使わなくても気軽に食べられるものができないかと考えて、こんなのになっちゃった。

志村　：ありがとうございます。

石牟礼：筍の煮物は渡辺京二先生が作られたんです。

志村　：手作りでこんなに！

石牟礼：おやつのことを、「遊び食い」といいますけれど、うちでは時ならぬときに、いやしん坊をすると「遊び食いをする」と申しておりました。そのいやしん坊の時間に、こんなのができちゃった（笑）。これは生のシャケですが、当たらないかと食べてみました（笑）。それを梅酢で〆たんですが、梅酢は九年物くらい。梅を酢に九年くらい漬けてあったのを最近見つけ出して。そしたら、濃厚な酸っぱさになっていました。梅酢なら殺菌力も強いだろうと思って。召し上がってみてください。

志村　：いただきます。一口でいただけるわね。

石牟礼：ええ、一口でいただけるように作っていただきました。これは水俣の漬物。私が作りました。

志村：これはどういうお漬物？

石牟礼：大根を塩漬けして、干して。干すと六分の一くらいに萎みますから。太陽に干して。その寒干しした塩漬け大根を、乾ききるまで外に干しておいて、それから取り入れて、うすーく刻んで、お醬油と昆布と鰹節も入っています。昆布が入っているんでねばっています。白いご飯で食べると、おいしいです。時々、熊本市のお店にも出ますけれど、各家で好きなように仕上げるんですけれど、もとはしなびた大根。それを買って、それぞれの家で好きなように味付けをするんです。

――これ、大根をよほど干すんですね。

石牟礼：そうです。干し大根を探すんですけれど、なかなか見つかりません。種から蒔いて大根をつくるんですね。私も三十代までは百姓をしてましたから。畑に蒔くものはたいてい、南九州でできるものは、育てることができます。誰でもやってます。私の育った村では。

洋子　：みんなお百姓になれたらいいな。
石牟礼：みんな百姓になれたらいいですね。これは、ちょっと酸っぱすぎたりしませんか？
志村　：いいえ、ちょうどいいお味。
石牟礼：そうですか、それはよかった（笑）。
志村　：お作品の中に、子供たちが、冬、木の枝に大根をかけて干す場面がありますわね。
洋子　：そんなに大きな大根ではないのでしょ？
石牟礼：いいえ、もとは大きい大根です。それに塩をして、漬けこんだのを干すんです。よほど干さないとカビが来ます。東京方面の、お世話になった人たちのもとへ、この大根を送ると、食べ方がわからないので捨てちゃったって、言われてがっかりしたことがあって。説明しないほうが悪いんだと思いました。
――たくわんにするよりも、もっともっと干してあるものだから、わからないんですね。

石牟礼：はい。生シャケを巻きずしにしたのは初めてです。梅酢の味いたしましたか。

志村　：はい。梅はよく漬けられるんですか。

石牟礼：梅はつけませんけれど、梅酢はよくつくります。あと、梅焼酎。果物を見ると、焼酎に漬けたくなります。この前、二十年くらいたったのを、ひとにあげてしまいました。梅やら杏やら……。梅焼酎の二十年くらい経ったのって、おいしいですよ。とろっとしてます。実だけが残っている。これは梅酢に漬けた実。

志村　：まあ、とろとろ、崩れてしまうわね。おいしそう。

石牟礼：ああ、酸っぱいですね！　梅焼酎は甘い。甘く作りますけれど。これは梅酢。

洋子　：なんか、殺菌されますね（笑）。

石牟礼：そうですね。サケを〆るのにこの梅酢を使いました。

志村ふくみより石牟礼道子へ　四月二十二日

このたびは久方ぶりにおめにかかることができまして、私にとって稀有な時間をいただきましたこと心から御礼申し上げます。何年ぶりかの石牟礼さんはお体の不調にもかかわらず静かにほほえんでいて下さってそこにいらして下さるだけでゆるがぬ存在として私共を潤して下さいました。

このたびの国をあげての災禍に前途の見通しもつかず人類の将来の大きな暗い翳（かげ）をおとしているさ中、昨年より切におめにかかりたい御方として私の中でつよく呼んでいるものがありました。石牟礼さんはずっとずっと以前よりこのことを感得され最も魂の深い深いところで憂い、哀しんでいらっしゃいました。御体もそのために傷み、思いにかなわぬ辛い毎日をおすごしでした。私は遠くよりいつもお案じ申し上げておりましたが、それはもういかんともしがたく、私共のこの世にある時間は限られてまいりました。

私もこのたびその自覚を深くし、どうしてもおめにかかりたくご無理とは思いながらおたよりを差し上げました。丁度その頃奇なることと申すのでしょうか、石牟礼さんも私におたよりをかいて下さり、行き違いにそれぞれのもとにとどいたのでした。

石牟礼さんはその頃新作能の発想に心をみたされ、天草四郎のことを常に思い描かれていらしたとき、偶然に私がお送りした伊原昭著『色へのことばをのこしたい』の本の中に昔私が染めた糸に〝みはなだ(水縹)〟と名付けた色を見出され、これこそ天草四郎の衣裳の色ではないかと思われて、そのことを私におたよりしてくださったのでした。

もとより私には夢のように嬉しいかぎりのことでした。そのみはなだという色は昔、詩にも書いたことがあるのですが、臭木(くさぎ)というまことに植物に対して失礼な名がつけられていて、私はそれを天青(てんせい)の色と名づけ、秋深く山かいの谷間などで小さな壺を天たかくかかげて天の滴をいただいている可憐な木の実として、一粒一粒摘みとって染めた色なのです。まことにきよらかな天の青をうつしたようなその色を石牟礼さんが小さな昔の写真の中から鋭くも射抜かれたような気がしました。それ以来私の中には天草四郎の衣裳が幻のように消えては浮かび上りいつそれを織らせていただけるのかとひたすらお待ちしていたのです。それ以来石牟礼さんから度々お原稿をお送りいただき、次第に構想がふくらみ、そのさ中に〝あや〟という乙女が御作の中で最も鮮やかな紅の色の衣を着る少女として浮かび上がってきたのです。

それを知ったとき、私はまたしても奇なるかなと思わずにはいられない事態に驚き入ったのです。丁度その頃私は法隆寺付近のお店で紅の能衣装を手に入れたのです。その紅は今まで想像さえできなかったほどの緋色の輝く紅色だったのです。それ以来私は紅に魅入られ紅花染に熱中しましたが、到底足もとにも及ばぬ紅しか染められないのです。しかし必ず紅は染めようと心に言い聞かせていたさ中に、あやの衣裳が紅であり、しかもそれはこの世のものとは思われない霊性の高い紅であると石牟礼さんの御文章から察しました。果たしてみはなだといい、紅といい、私に染められるのか、いいえ、染めなければなりません。石牟礼さんが最後のお仕事といわれる新作能に私も最後の色を染めて衣裳を織らせていただきたいと思いました。

お互いにこの世にある時はもうかぎられておりますことを思いつつ、このたびおめにかかることができこの上ない幸せでございました。

熊本のお宅で実に貴重なお時間をいただきました。何をおはなししたのかおぼえていないほどすべてに思いが満たされて一滴もとりこぼしたくない思いで帰ってまいりました。

御体の方いかがかとご案じ申し上げながら、どうかこの御話合いがもう一度必ず成り立ちますようにと祈りつつくれぐれもお大切にお過ごしくださいますよう願っております。

志村ふくみ

四月二十二日

石牟礼道子様

石牟礼道子より志村ふくみ、洋子へ　五月二十一日

先日はとり散らして片づけようもなくなった仕事場にお出で下さいましておもてなしも出来ませずにたいそう失礼をいたしました。病に免じてお許し下さいませ。『全集　不知火』(1)の表紙、一巻、一巻、お手ずから織って下さり、この世とあの世にかかる虹を連れ立って渡ったようにしいんとなっております。

なんと申せばよい海の色でしょう。

お便りのなかに「天の滴」をいただいている可憐な木の実で染めたみはなだ色という表現がございます。「天の滴」とは何と心ときめく表現でございましょう。全集の藍生地を眺めておりますと、これも元は天の滴から生まれた海で

(1)『石牟礼道子全集　不知火』の装丁は志村ふくみ。二〇〇四年から十年をかけて刊行され、全十七巻・別巻一で完結した。志村による本藍染布クロスで装丁した限定の特装版も作られた。藤原書店刊。

はなかったでしょうか。

昏れ入る間ぎわの水平線にも見え、昇る朝日を幾重にも包みこんだ波の色にも見えます。

「沖宮」の構想は御著『母なる色』(2)を手にしていてごく自然に生まれました。四郎とあやの幼ない道行き場面。妣(はは)たちの居る海底の宮に向かって、緋の衣を着たいたいけな神世の姫が海底の華となって四郎に手をとられてゆく。この場面の緋の色はどうあっても志村様にお願い申し上げたく念じてまいりました。涙ぐみながら「よかところにゆこうぞ」と唱える近郷近在の村人たち。中でも女房たちはこの緋の衣を一と針一と針縫ったという想定でございますから、岸辺からいやでもこの紅は霊性を発揮することでしょう。

原作が完全に仕上がったわけでもありませんのに、このようなことを口ばしるのは軽率と思うのですけれど、生命界の再生が気になっておりまして、妣なる海底の宮に一輪の華を灯しておきたい一心と思し召し下さいませ。

あやを乗せたかの舟への落雷も、海面全体への稲光りも、二人への天の予祝と読みとっていただければ幸いでございます。

亡くなった親友の写真をかたわらに置きながら筆をとっております。時枝俊江[3]という人で岩波映画の監督がいつになく気にかかる声で電話をしてきて、

「今度こそはお目にかかりに行きたいのよね。もうお互いこの世にいる時間が少なくなったと思いません？」

はなっから彼女はそう言いました。まもなく若い友人を伴ってこの部屋にやってきました。

中野にあった彼女のおうちに泊めていただいた夜、とんまな質問をいたしました。

「あの、映画の監督さんですってね。どんな映画をつくっていらっしゃるんですか」

（2）志村ふくみの書下ろし随筆集。色を与え続けてくれた植物への思いを綴る。一九九九年求龍堂刊。（3）記録映画作家。昭和四年生まれ。幼児教育、地域文化財、歌舞伎などを題材とした作品を発表。二〇一二年没。

彼女は、「そうね、外国向けに、日本文化の……」と言って口ごもり、こういいました。「文化ってなんでしょうね。まあ、お見せいたしますから待っててくださいね」

そう言い、一週間ばかりして連れて行かれたのは、たぶん岩波映画の試写室ではなかったでしょうか。観客は私一人でした。胸ときめかせて待っていると、ぱっと灯りが消えて、いきなり館内全体に大拍手がわき上がったのです。真っ暗な舞台に出てきたのは、あきらかに黒子の手に操られている人形でした。出てくるやいなやその人形に対して、爆発的な拍手が起こったのです。劇もまだ始まらぬうちに、登場人物にこのような拍手がわくとは思いもよりませんでした。人間の演劇もあまり観たことのない私は、最初の導入部から劇中の人物がこれほど熱狂的に迎えられるのを見たことも聞いたこともありません。観客たちは、おそらく「曾根崎心中」のあらすじは熟知しており、事件の展開もわかっていてお初人形を迎えたのだと思います。その拍手によってお初は魂を入れられたかのように劇中に入り死んでゆきました。耳に残ったのは、

此世の名残、夜も名残、死にに行く身を譬ふれば
徒しが原の道の霜、一足づつに消えて行く、
夢の夢こそ哀れなれ、あれ数ふれば暁の、七つの時が六つ鳴りて
残る一つが今生の、鐘の響の聞き納め――

映画[4]が終って、私は時枝さんにとりすがりました。

後日談があります。この日のことを別の友人に熱烈に語る私に対して友人は、「あの日はね、時枝さんが何かの賞をもらわれ、それが発表された日だったのよ」と言いました。

そのことを時枝さんは私に一言もおっしゃいませんでした。

お初の人形に拍手をした観客たちは、近松の筆によってこの世に送り出された人形たちの息づかいや、声音などを自分たちの拍手で舞台上に出現させたのです。たった一人のために、このような観劇体験をさせて下さった時枝さんのお心

(4) 時枝俊江監督作品『文楽曾根崎心中』一九八二年。

づかいを終生忘れません。

それと同じように志村様の色に対する感覚の生理的なこと、それが昇華されてゆくほどにある霊性に転化するということをまざまざと感じます。

私たちが肌につけているもの、身の回りにある布裂のすべては、あのたった一本の繭の糸から織られているということに驚愕いたします。草木から色を頂き、香りを頂きしてきた歴史を思えば、なんという豊饒さに私たちは包まれていることでしょう。小裂帖を拝見しながら、お母上様の着ていらしたというめくら縞と思われる色を見つけました。

お忙しいところへお邪魔いたしました。次便にてお話しいたしたく存じます。

お元気でいらして下さいませ。

五月二十一日

石牟礼道子

志村ふくみ様

洋子さま

志村ふくみより石牟礼道子へ　五月二十七日

熊本におたずねしてから早や一カ月余り、新緑は燃えさかり、早や初夏の気配さえいたします。

おたよりをいただきまして、ありがとうございました。

その後いかがかとご案じ申し上げながら、おたよりを心から御待ちしておりました。

和紙の便箋に大きく鋭い線で書かれた御文は、ご体調のよい日をみはからって書いて下さいましたことがよくわかり、一頁一頁、ありがたく読ませていただきました。もう私共は一日一日を精一杯最後の日々のように生きていると思われますように切実な思いが伝わってまいります。全集の締めくくりのお仕事のかたわら、新作能の構想も円熟してこられましたことがお察しでき、この上はどうか最高の舞台がいつの日か実現いたしますようにと祈るばかりです。私もいつでもとりかかれますように糸を染め、どんな装束がお二人の道行にふさわしいのか胸の奥の祠におまつりしたい思いで、その日をお待ちしております。

能装束は織ったことがありませんので不安のうちにも心躍る思いです。御文の中に曾根崎心中のお初人形のことがかかれ、近松のあの名文章が一行一行浮き立つようにうたわれておりましたが、私は二つの物語が重なり合って〝夢の夢こそ哀れなれ〟と思わずつぶやきました。この世のことは夢――夢なればこそ一点の真実(まこと)、消えることのない生命の炎を燃やさねばなりません。

私は石牟礼さんのお仕事の中に常にそれを感じ烈しい電流のように伝わるのでした。染とて、織とて、この世のなりわい、儚い仕事にすぎません。それをただのひとつ灯のさすようにほのかに仕上げることこそが私共の願いです。身を飾り、心を飾り、うすくらがりのこの世に明りを灯しつつ織ってゆきたいと、石牟礼さんの文学にふれるたびに思うのです。あのおもかさま(5)もみっちんもみな、私の幼いときから道づれのようにして生きてきたと思い、まさしく私の中に、無明の中に道を失った人々の魂がいつもそれは肉親のごとく連れ添っているのです。あるときは機音の中に、とおくちかく〝はたり、ちょう、はたり、ちょう〟とささやくのです。

石牟礼さんの世界はそれらすべてをふかくふかく妣のふところのように抱きかかえて下さいます。

汲めども尽きぬ言葉の世界に漂い、ひかりながら色の世界が二重奏のように響くのです。

私が石牟礼さんの文学に深く入ってゆくときなぜかあらぬ（あり得ない）方向から色が射してきてそれは多分、光をともなってやってくるのです。それを陶酔とか憑依とか言ってしまうのではなく、ある名状しがたい一体感とでもいいたい思いがするのです。ほかの文学では考えられないことです。

私が美の世界（あるいは芸術の）で、ひっぱられて行きたいところへ知らず

（5）石牟礼道子が自身の少女時代を綴ったエッセイ『椿の海の記』（朝日新聞社刊　一九七六年）に描かれた、石牟礼の祖母のこと。四歳の石牟礼（みっちん）は、精神を病んだこの盲目の祖母につねに寄り添っていた。

して連れていってくださるのです。そんなところまで道をつけ灯をともして〝ここですよ、もうすこしいらっしゃい〟と言って下さるのです。私はふしぎな頭巾のようなものをかぶってどんどんついてゆくのです。『椿の海の記』や『あやとりの記』(6)の世界に――。

色が光の子供たちであり、さまざまに散りぢりになって、ものや、人間の心にひそみ、悪さをしたり、傷めたり、小さな粒々になって飛びまわったり、輝いたり、私はその中で小間使いのように走りまわって働いているのです。それが私にとってはこの上なく性に合っております。

何かとりとめのないことをかきつらねました。お会いしたらあれもこれもきっとお話は尽きないでしょうね。

どうかお大切に、きびしい折々もおありのこととは察し申し上げております。

〝蚕起食桑　かいこおきてくわをはむ〟

〝紅花栄　こうかさかう〟(七十二候　小満)

の季節だそうです。こうしてはいられません。

今年は先日熊本におたずねした折りに御地の養蚕農家からの繭を送っていただくことになり、まもなく届くと思います。糸をひきます。

五月二十七日

志村ふくみ

石牟礼道子様

（6）石牟礼道子の自伝的エッセイ。二〇〇九年福音館書店刊。

石牟礼道子より志村ふくみへ　六月二十九日

もう今年も残り半分になりました。

先日はせっかく遠路をおいで下さいましたのに、何のもてなしも出来ませんで、ふつつかな仕儀と相なり、申し訳ないことでございましたが、その反対に思いもよらぬ至福の日を賜りましたこと、この上なく幸せでございました。糸くり機の図まで描いていただき、遠い昔、我が家にあっておもかさまが手にしていた糸車をまざまざと思い出して感慨ひとしおでございました。出来上がりました糸の色、なんとも初々しく、生命というものが初めてこの世に咲かせた秘花とでもいうように感ぜられ、毎日お陽さまの光に当てないようにして、ぱっと眺めぱっと隠しながら、ため息をついております。次の世がはじまるしるしを見たとでも申しましょうか。

あやも四郎も、人柱ではなく、生命の再生の象徴として出現させたいと想いを練っております。沖宮のいまひとりの主人は竜神さまでございまして、まだ書き込みがたりません。江戸時代の蘆雪(7)が描いたという超念力を持つ竜神（雨の神）が現われ、この竜神を父親としてあやが緋の衣を着て登場します。眼光らんらんと宇宙の生命を蘇生させる竜神に抱かれて、あやが消えてゆくという終幕にしたいと思いつつあります。もの凄い迫力の目玉の竜が、あやを抱きとる場面をどうやって創り出せるかと考えておりましたら、また転びました。左胸の肋骨、左大腿部を少し痛め、お医者さまに「要注意」を宣告されたのですが、お能の内容を推敲するのによい時間を与えられたと思うことにしました。ある出版社の社長さんと、お能のプロデューサーの方に、「石牟礼さん、死なないでください」と言われました。舞台を見るまでは死なないつもりです。

六月二十九日

石牟礼道子

志村ふくみ様

志村ふくみより石牟礼道子へ　八月六日

お暑い日々でございます。いかにおすごしかとご案じ申し上げております。先日来、原田先生[8]のご逝去のことどんなにかお悲しみの事と存じ、おたより申し上げようかと思いつつ、それから水俣の問題等々、今日も『魂うつれ』[9]を拝見し、「花を奉る」の詩文につよく胸を打たれました。石牟礼さんの存在がいかばかり大いなるものかと思わずにはいられません。お心をいため、わずらわせることのみ多い中、ふと救われるように『あやとりの記』などを読ませていただいております。

このほど三年ほどかかりましてやっとリルケを書き上げました。[10]とても私の荷には重く何どかくじけそうになりましたが、これが最後と思い、何とかかき上げました。お忙しい中とは存じますが、お手もとへお送り申し上げます。秋になりましたらまたおたずね申し上げたく存じます。

くれぐれもお大切になさって下さいませ。

八月六日

志村ふくみ

石牟礼道子様

（7）長沢蘆雪（ろせつ）（一七五四〜九九）。江戸時代の絵師。円山応挙（まるやまおうきょ）の高弟。奇抜で大胆な画風で「奇想の絵師」といわれた。（8）原田正純（まさずみ）。昭和九年生まれ。熊本大学医学部で水俣病を研究、胎児性水俣病を見いだし、それは胎児性水俣病の存在を国に認めさせることにつながった。水俣病と有機水銀中毒に関して数多くある研究の中でも、患者の立場からの徹底した診断と研究を行った。二〇〇一年、吉川英治文化賞受賞。一〇年、朝日賞受賞。一二年没。（9）石牟礼道子、水俣の漁師・緒方正人らが結成した「本願の会」の機関誌。（10）『晩禱（ばんとう）――リルケを読む』。著者自身が「内面への最後の旅」と位置づけた、リルケを読み深めることで人間存在を問う書。これにつづいて志村は十二月にリルケの書簡を読み深めた『薔薇のことぶれ――リルケ書簡』を刊行した。二〇一二年人文書院刊。

石牟礼道子より志村ふくみ、洋子へ　九月十七日

前略

この度はアルスシムラ(11)の募集要項をお送り下さいまして、心躍りました。もう少し若ければわたくし自身早速応募したい気持ちがやみがたく湧いたことでしょう。日本人の色彩感覚を追求してこられたお方にして行き着かれたご心境とつくづく拝察致します。お二方のお仕事を拝見して染と織に加えて、そこから発せられる声音を想像せずにはいられません。あらゆる芸術表現を綜合する音といったものでございます。

三年前、転倒して大腿骨を骨折したときのことでございますが、痛みも手術の時間も全く記憶がなく、体は千尋の谷に落ちながら魂はふわふわと離れてゆくのを感じておりました。気がついたときは、原初の森の樹の枝にとまってい て、海から吹いてくる風に森の梢の木の葉たちが一斉にそよいでいる音を聞き

ました。梢の葉っぱの形は木によってそれぞれ違い、樹々の根元の草のそよぎは微妙に異なっておりましたが、海風が森を演奏している音を確かに聞きました。わたくしはこの時、元祖細胞のようなものになっていて、悠久の生命の歴史に立ち合うには、言葉ではなく、海が森を演奏する音に耳を澄ますしかないと感じたことでございました。色でしか表せないものを表現なさっているお二方のお仕事を拝して、よしなし事を書き連ねました。

先月より検査その他のためリハビリ病院に入院していますが、一言お礼を申し述べたくて、来合わせた友人に代筆していただきました。ありがとうございました。

石牟礼道子

二〇一二年九月十七日

志村ふくみ様

洋子様

（11）色彩体験を通じて「魂を育てる」学校、アルスシムラを二〇一三年、京都に開校。

沖宮

場面
島原・原の廃城跡、崖めいた石垣の一隅に、彼岸花が咲いている。

登場人物
天草四郎　霊界の人
あや　五歳　四郎の乳母の娘　もともとは竜神の姫。亡き四郎を慕っている。四郎とは乳兄妹
おもかさま　四郎の乳母　霊界の人
佐吉　おもかさまの夫　霊界の人
下天草の村長　あやの両親の遠縁。島原の乱の前、あやをあずかり、両親の

死を確かめ、あやを雨乞いの人柱にさし出す

前奏　（すべての能楽器を総動員して大空いっぱいのどかな稲妻、雷鳴の感じを出す）

次第　竜神たちの遊びの日なりしか。（能の節づけが望ましい）
稲妻、雷鳴しきりにて、山々づたいに大木らそここ引き裂けたり。しばらく見渡すに、夕べの茜ひろがる沖に小舟一艘あり。

四郎　（揚げ幕より出てくる）
玄妙なる夕映えかな。
ここはいずこの磯なるぞ。沖に浮かぶは新しき死者の舟なるか。

地謡　稲妻たちの遊びたわむれし次の年は、作物みなみな豊作なりと言い伝えしよ。植えつけをたのしみおりし百姓ら、原の砦より、幾人(いくたり)ばかり、落ちのびしや。それにしても胸せまる茜の空ぞ。

次第　島原・天草合わせて原の砦の死者三万七千余とは、小作人たちは言うに

及ばず、漁師ら、山の猟(か)り人(うど)、船大工などなど、女子どもを合わせたる総人数にて、ことごとく、草葉の露とはなり果てし。

四郎　一人一人、哀憐の情を持ち、人に語りたき悲しみや喜びをも持ちしならんに、勝ち目なき戦さにかり出され、ことごとく死にゆきしかな。我は心底、この、魂美(よ)き人々に従わんと想いおりしが。我が主デウスの宗門も、寺の仏も末(すえ)神々たちも、祈る衆生あればこそ、成り立つものを。死に甲斐のなき戦さをせしものぞ。おびただしき命を、この原の露とはなさしめたり。

コロス　やや
これはまさかと目をくぼませて見るに

かの時のまぼろしならんか
妖雲、砦を包みけり

またしても動きはじむるは
主よ　わが神デウスよ
われらが魂は　この世の光の
影なれば人々の生ま身なで斬りにして
人喰いカラス共の妖雲をよび寄せる
あるまじき幻覚来たる

東西南北の神仏（かみほとけ）たちよ
こころも身も　寄るべなき者どもの
唯一の明りは
天空からのまなざしによって
この世は和み、花も咲くらむを
生きながら　つつくなかれ

主よ　かのものたちの目に
魂の秘花を　ひとめ　視せさせたまえ

四郎　はてさてしかし、夢かまぼろしか。ここはいずこの浜辺なるや。よくよく眺めれば、見覚えのある景色かな。その昔(かみ)、我が乳母が手(た)折(お)りくれし、赤きグミの実の成る岩陰。ああ、かの岩陰より出て来し亀の子ありしが。いづこより来しならん。

あい分かった！　ここは我が乳母の、生まれ島なるぞ。

その背に負われ、手を引かれ、幾度(いくたび)ここの浜辺にて亀の子らと遊び過ごせしか。

原の砦にて最後を共にせし人々も、かかる命の渚にて遊びし者たちならん。

(いつの間にやら、漁師佐吉の亡霊、岩陰よりあらわれる)

佐吉　四郎さまの御首にまみえ実見なされしは、幕府方にとらえられし御母君と、松平信綱および重臣たちにて候。

御母君さま、他の少年たちの首を次々に見せられ、四郎さまの首に出会わるるや、かき抱かれ、「なんと痩せ果てたるぞ。いかばかり苦労せしならん」と言いつつ慟哭なされし。

その御首、原の城跡にさらし首となりしが、幕府軍帰途につきし後、青蠅のうねる原の中から盗み出せしは、この佐吉なるよ。

四郎どのの母御(ははご)より賜りし小袖に包み、おもかが島の、沖宮あたりに沈め奉(たてまつ)り候。

地謡　糧食尽きて、幼なきものらの手首、みるみるかぼそくなり、殊勝にも、末期の礼拝をなすを、なで斬りにされしか。無常の思いただならず。

四郎　我が母君は運つたなくも一揆初発の頃に熊本・細川の手の者に捕えられたまいき。その前に言われしことあり。そなたは天の使いと人さまに言われ、それこそそなたの本懐ならんが、さようなれども

次第　我が腹に宿れること、ゆめ忘るまじよ。

弾丸飛び交う中、佐吉らが石垣を登り下りして渚に降り、磯の物をさまざま採り集めおりし姿、甲冑(かっちゅう)つけたる武者たちよりも胆力あり、身軽なる者共よと幕府方の者ら言いけるとぞ。

かくしてしばしが間(あいだ)、城中は腹を満たしたり。


四郎　我が母君は、この夫婦(めおと)に、ひときわ情けをかけられたり。

幼き耳に聴きしが、女房の赤児(ややこ)死して、その胸にあり余る乳あり。

ゆえに我が乳母とはなりしとぞ。

原の城燃え落ちる中、乳母は、我のいまわに付き添いて、腕にかけおりし小袖をひろげ、わが上に重なり来て打ちふしたり。

うたてやな。

おもか　（岩の陰から出てくる）
なつかしや四郎さま。

四郎　おお、これはおもかではないか。

おもか　お待ち申しあげており申した。

四郎　いったいどこから参ったぞ。

おもか　四郎さまに逢えるよう願かけをせし甲斐あり。マリア観音様のお導きにござり申す。

四郎　よくも、かようなところで逢えたものぞ。

おもか　ついこの間までお側にお仕えせしが、あやの事もあり、魂迷い出て、デウス様とマリア観音様に嘆願いたしおり候。

四郎さまという赤児は、人の世の悲しみを、全部引き受けて、身ぶるいして泣かるるご様子の赤児にて、乳母はただ、おろおろと貰い泣きするばかりなりしが、年頃になられては、遠き世からこなたを眺めるごとき眸(め)をしておられしゆえ、乳母も、魂この世から迷い出ており申し候。下々の者には並外れて気づかいをされるご様子、ただ人ならず。母君様さえ、我が子にして我が子にあらずと密かに洩らされし。

そのようなお子をば直(じか)に抱(いだ)きてありしこと、これより上の幸せはありませぬ。

いかなる御位(みくらい)になられますやとお仕え申せしが、思いがけなく死出のお供をつかまつり、以来うしろに控え、愚か者がお側におること、御名を穢しはすまいかと心にかけており申した。

幼なかりし御手を引きて、この浜辺を行き来せしこと幾度ぞ。乳母が磯の石につまずき、転びしことあり。三つくらいの四郎さまが、紅葉のようなる掌をひろげ、あどけなき口ぶりにて、「おもかよ、どこが痛いかえ」と撫でて下されしお声、死すとも忘れはいたしませぬ。

あや　（橋がかりより確かめるような足どりで出てくる。二人を見つけ、よびかける。手に彼岸花の束）

四郎　兄しゃまあ。
あや　はて　今の声はあやではあるまいか。
四郎　兄しゃま！　母しゃま！
あや　おお！　あやではないか、あや！
　兄しゃま、どこに往っておらいましたと？
　（四郎は片膝をつき、あやは両の腕をさしのばしつつ抱き合う。片腕の彼岸花こぼれる）
四郎　あやよ！
　よう逢えたのう。（頬ずり）あやを一人にしておいて、さびしかったろう。
あや　あやはさびしかったわいな！　さびしかった！
四郎　四郎はそなたの母さまから、くれぐれも頼まれておりながら、あのようになった。許せ、あや。それで今日はどこへゆくぞ。
あや　兄しゃまは何にも知らんとじゃな。（彼岸花をかざしてみせる）今日は原のお城の仏様方がいっぱいおらいます。その仏様方にお花をあげる日ぞ。

四郎　さようか、さようか。原のお城の仏様の日か。（彼岸花を拾い上げて一緒におがむ）

（あやも四郎を真似して膝まづいておがむ）

あや　兄(あん)しゃま、母しゃまは、兄しゃまに何でも言うがよいと申されたわいな。兄しゃまは、天のお使いじゃから。父(とと)さま母(かか)さまがおらんようになったらば、四郎兄しゃまのところへゆけと。

（両掌を目に当て、しゃくりあげる）

四郎　おお、さびしかったろう。父御(ててご)も母御(ははご)もお留守ばかり。

あや　兄しゃまが来らいましたから、（しゃっくりをしながら）もう、さびしゅうない。

（四郎の袖にまつわりつき、舞いながらひっこむ）

次第

島原の乱終り、燃え落ちし城跡も今はなし。戦さの前に生まれしあやは、天草下島の村長（むらおさ）にあずけられおりし。戦さの後、下島一帯の村々に、またもや旱魃（かんばつ）来たりければ、雨乞いのこと起こりぬ。

飢饉の悲惨さに懲りつくした村老たちの間より、村の娘たちにクジを引かせ、当りし娘を雨の神に捧ぐべしと言い出せし者あり。大騒動となり、噂飛び交う中に、あやに目をつけし者あり。

先の戦さにて、孤児となりたる女童（めわらべ）、寄るべなき身なれば、雨の神にさし出すには、よき身の上ならんという。母親は若年の総大将、天草四郎どのが乳母、おもかさまにて、かの家に重んぜられおりしが、原の砦にて、四郎と共に相果てしとぞ。

あやをあずかりおりし村長、どこやらん心咎めつつも断りきれず、神代（かみよ）の姫となして、さし出すことを肯（うべな）いたり。

地謡

村の女房ら、寄り集まり、古き家の蔵から緋の色の旗さし物を見つけ出し、その古き布、水流少なき川にて洗いあげたれば、古き煤、埃落ちて緋き色、花のごとくに現れ、かかる朱の色見しことなし。

彼岸花にて飾りつけたる小舟に、緋きあやしき衣を着たる女童一人。

夢のごとくに浮きつ沈みつ夕陽の沈む間ぎわの茜の沖に進みゆく。

夕日の沈む間ぎわの茜の中を沖宮にゆかるるあやしゃまは、よほどに神高き姫とならん。見るほどに愛（もぞ）らしく、愛（いと）おしや。女房たちこもごも言いて、ひと針ごとに涙ぐみつつ糸を通し花のごときをつくりたり。

あのあやしゃまが、神代の姫となって、沖宮の美（よ）かところにゆくげなぞ。見るほどに愛おしや。

次第

次の日より、あやは高脚（たかあし）の御膳を据えられ、神代の姫のごとくになりゆきしかな。

近郷の村々も含めていよいよ雨乞い始まれり。太鼓と鉦（かね）、鳴り響き、人々あまた出でて、祈禱の文言を唱えつつ竜神さまの海辺の土手を行きつ戻りつ、各、神主をはじめ人々和して次のごとくに唱えたりき。

コロス

竜神、竜王、末(すえ)神々へ願い申す。この節、雨降らずして、田畑はひび割れ、井戸水もなきくらいにてみなみな難渋しおるなり。

雨をたもれ　雨をたもれ
雨が降らねば木草(きぐさ)も枯れる　人種(ひとだね)も絶ゆる
雨をたもれ　雨をたもれ
雨をたもれば
姫たてまつる
姫は神代の姫にて
沖宮の
花の億土より参られし
あどけなきかぎりの姫なるよ

原の城のアメンの衆は、断食の日を苦行に替えて、すき腹を騙しておらいました。

「アメンの宗の息のかかった子をば、沖宮さまが喜ばれるじゃろうか」

「沖宮さまは命という命たちの大妣君じゃ。アメンの衆じゃろとなんじゃろと、包み込んで下さろうぞ」

かくして、あやを乗せゆく花駕籠づくりも進みけり。

心気朦朧となりつつ、四日目が明け、長き一日ぞと皆々思い、稲の穂を見れば立ち枯れさらに進みおり。

日暮れ近くなり西の空にて雷聞こゆ。(高い音域を出せる能楽器すべて)あたりの文言静止して、見渡せば、いつもの浜辺に、おびただしき人数集まりおれるなり。

村長たち慌ただしく額を寄せ合う。

「今こそ、その時なるぞ」

用意せし舟を渚につけ、村長の妻、手をさしのべ、あやを花駕籠より恭しく降ろし、舟に乗せたり。あざやかなる緋の舟なれば、浜辺の群衆しんとなり、霊気あたりにひろがり暮れゆく沖にむかってゆく小舟の華と見ゆれば、みなみな手を合わせたり。

沈みゆく夕日のまわりを、かの緋の色も浮きつ沈みつ華の遊ぶがごとくして、人々口の内にてかそかに「あやしゃま」とつぶやきおりしなり。

地謡

（全楽器を総動員して）

（地謡にオルガン、笛まじる）その時、天（てん）の雫のごとき雨粒、あえぎおる人々の、乾きたる咽喉（のみど）に、はらりはらりと落ち入りぬ。

すわ雨ぞと思いたる時、天と海とを引き裂くごとき稲光りと共に、雷鳴とどろき渡りぬ。身震いしつつ、はっと沖を見やるに、船の上なる緋の色すでになし。人々思わず抱き合いしが、もの言う者なかりけり。先ほどの轟音と稲光り、あやの舟に落ちしならん。緋の色の衣を縫いし女房頭、沛然（はいぜん）たる雨に打たれながら、しゃくりあげて呟きけり。
「あやしゃまは、沖宮の美かところにゆかれしや。
むごきこの世に生きるより、いのちたちの大妣君のおらいます沖宮
に行くがよい。あな　かなしや。
四郎どのは、あやしゃまを迎えに参られたまいしや」
（能管の低い音にて道行き始まる）

コロス　われらが縫いし緋の衣
海底にゆれる
林の中を
一輪の華となりて
四郎どのに手をひかれ
大妣君と　竜神さまのおらいます

沖宮へ　道行きはじまりしかな

海底色の幕がたれてくる。
その前を、二人が手をとり合ってゆっくり舞いながら幕。
（余音嫋嫋（じょうじょう）たる高音域の能管の音）

二〇一三（平成二十五）年

石牟礼道子より志村ふくみへ　五月四日

志村ふくみ様

ご無沙汰しております。

石牟礼さんのお世話をさせていただいております米満[1]と申します。

石牟礼さんより左の詩をお送りするようにと申し受けましたので、送らせていただきます。後ほど石牟礼さんより電話があると思いますが、宜しくお願い申し上げます。

五月四日

幻のえにし

生死(しょうじ)のあわいにあればなつかしく候
みなみなまぼろしのえにしなり

御身の勤行に殉ずるにあらず
ひとえにわたくしのかなしみに殉ずるにあれば
道行のえにしはまぼろし深くして
一期の闇の中なりし
ひともわれも　いのちの真際　かくばかりかなしきゆえに
煙立つ雪炎の海を行くごとくなれど

(1) 石牟礼道子の介護ヘルパーとして秘書的な役割もになっていた米満公美子(よねみつきみこ)。

われより深く死なんとする鳥の眸に逢えるなり
はたまたその海の割るるときあらわれて
地の低きところを這う虫に逢えるなり
この虫の死にざまに添わんとするときようやくにして
われもまたにんげんのいちいんなりしや
かかるいのちのごとくなればこの世とはわが世のみにて我も御身も
ひとりのきわみの世を相果てるべく　なつかしきかな
今ひとたびにんげんに生まるるべしや　生類の都はいずくなりや
わが祖は草の祖　四季の風を司り
魚の祭を祀りたまえども
生類の邑はすでになし
かりそめならず　今生の刻をゆくに
わがまみふかき雪なりしかな

石牟礼道子より志村ふくみ、洋子へ　五月二十七日

志村ふくみ様
志村洋子様
今日の昼間、電話を致しましたが、お留守でした。
先日は美しい糸車の写真をお送り下さいましてたいそう懐かしく、胸が絞られるようでございました。
と申しますのも、私の祖母が織の名人と若い時言われていて気が狂い始めて見えない糸を壊れた糸巻き機に巻きつけていて舞いのような仕草をしていたのを思い出すからでございます。
その糸車はてんてんと家を変わる間になくなってしまいました。
それを思い出そうとして洋子様に一目見せてくださいませとおねだりをしたのでした。

早速洋子様におねだりしましたところ、美しい光色の付いたお写真をお送り下さり、この上の喜びはありません。お目にかかってから色々お話を致します。とりあえず深く深く御礼申し上げます。

五月二十七日

石牟礼道子

石牟礼道子より志村ふくみ、洋子へ　五月三十日

志村ふくみ様
　洋子様

よほどご多忙でいらっしゃるにちがいなくどなたも電話にお出になりません。
このファックスがとどきますかどうか、恐縮しながら書いております。
先にお送りいただいた糸巻きらしい「糸車」と、紅や紫の糸の光のお写真、
心の中が洗われるような気持ちで拝見いたしております。
祖母がもっていたものとよく似たものがひとつありました。
表現できない感情が、さあっと頭を通り抜けました。こわれて行った機台も
記憶の底から身もだえております。

五月三十日

石牟礼道子

明日お目にかかるのを楽しみにしております。

第二回対談（五月三十一日）

石牟礼：全集の装丁を、とても美しくしていただきまして。不知火海のさざ波を想わせます。ありがとうございます。

志村　：全部完成なさってね、おめでとうございます。

石牟礼：みなさんにきれいな装丁だと、おっしゃっていただきまして。それから、糸車の写真も送っていただきまして。[1] 糸車は、昔、祖母が持っていました。[2] 機があったんです。

志村　：織りの名人でいらしたんですか？

石牟礼：名人だったかどうか、村の人たちはそう言ってました。織った布を

（1）対談前に京都の志村工房から古い糸車の写真を送ってあった。（2）石牟礼の祖母「おもかさま」は作品の中にも登場する。幼い石牟礼は、盲目で精神を病んだ祖母につねに寄り添っていた。

「一枚しかあげられんばってん前掛けにでもなさりまっせ」と言って、村の女の人たちに、記念にあげていたというのを見せられたことがあります。藍色の布でした。そして、機は使わずにいると壊れるから、どこに置こうかと言って、引っ越す度に機の置き場所に困っていたようで……。

志村：場所、とりますものね。

石牟礼：そのうちなくなりました。どうしたんでしょうね。私が、まだうんと子どもでしたから。

志村：『十六夜橋』[3]、おもかさまが機を織っていて、杼を足の上に落としてっていう場面、出てきましたわね。

石牟礼：はい。

志村：あれを思い出しましてね。痛いんですよねえ、杼はとがっているから、バッと足に当たると。それで足を引きずってらっしゃる場面がありますよね。

石牟礼：あの糸車の形が好きです。

志村：五光というんです。五光って、後光が射すような、骨が放射状になっている形でしょ、骨が五個ね、五つの光と書いて五光。

石牟礼：いい名前ですね。それで、送っていただいた糸車を見ながら、あれを、絵に描きたいんです。糸をかけてある糸車を描きたい。

志村　：あ、糸をもってきたら、よかった。絵はお好きなんですね、お描きになるの。

石牟礼：好きです。鬱屈してるときに……。

志村　：あらま、猫の絵。かわいい、ねえ。

石牟礼：これ、私、思い出があって。なんで描きはじめたのかというと、足を折って入院しておりました時に、三カ月くらい意識が戻らなかったんです。戻ってきはじめの時に、詩がひとつ浮かんできて、それがまだ頭の中にあったときに、自分の髪の生え際が渚になっていて、額が海になっているんです。そして、葦が生えているな、と思う。その渚を、葦をかき分けながら、広い、人間

(3)　一九九二年径書房刊。その後ちくま文庫。不知火の海辺に暮す土木事業家の主とそれをとりまく女たちを描く小説。第三回紫式部文学賞受賞作品。

界に、近づいて行くんですね。

志村　：だんだん目覚めていかれたのかしら。

石牟礼：目覚めていった。それで、目覚めたときに何かを描きたいなと思って、ペンをとって、その情景を描くつもりでしたら、猫ちゃんを描いてしまった。

志村　：別にそこに猫がいたわけじゃなくて？

石牟礼：はい。これとは違う猫も描きました。二匹とも可愛くできたんです。

志村　：ほんとに可愛い。この花はなんですか？

石牟礼：山芍薬（やましゃくやく）。

志村　：へえ。きれいね、それも。

石牟礼：これは千メートル以上の高い山じゃないと、咲かない。平地に植えても、咲かないそうです。

洋子　：でも、本物がなくてもお描きになるのね。写してらっしゃるわけじゃないんですね。

石牟礼：頭の中に。それで、写真で見られるのがあるかしらと思って、いま探

2010.1.10

してるんです。ほんものは見たことない。これは椿。椿を贈ってくれた人がいて。

志村：それをご覧になりながら？

石牟礼：はい。古代中国の西王母という名の椿。

志村：西王母……。「古きゆかしき／野辺の花」って書いてあるわ。

石牟礼：渡辺京二さんがお庭に咲いている椿を持ってきてくださって、それは白い侘助（わびすけ）でした。西王母とは違うんですけど。それからこのお人形さんは、入院してました時の、隣室のおじいちゃんが、いつも握りしめていて。それで、看護師さんに、あのおじいちゃんの握っておられるお人形さんを、おじいちゃんが眠ってる時に私に持ってきて見せてくださいって頼んだら、いや、それはダメですって。

志村：なぜ？

石牟礼：おじいちゃんのとこに行くには、三人で行くことになっていて。

志村：ええ。

石牟礼…なぜなら、おじいちゃんがパッとスカートをめくるから（笑）。だから、スカートに手を出さないように、お人形さんを持たせてるって。

志村…それでなのね。絵は、昔から描いてらしたんですか。

石牟礼…昔からときどき描いてました。

志村…頻繁に描くようになったのは、退院されてからなんですね。ここに来るタクシーの中で、運転手さんが、椿は熊本の県花だって言ってました。肥後六花って。

志村…「幻のえにし」という詩を送っていただきまして。素晴らしい詩でしたけれど、あれはいつお書きになったの？

石牟礼…あれは最初は、『苦海浄土』の第三部『天の魚』(4)の序詩として書きました。第三部を先に書いたんです。第二部を、あんまり苦しいのでほったらかしておりましたけど。まだ永遠に続きますから。

志村…じゃあ、だいぶ前なんですね。

石牟礼：はい。書き直しましたの、それを。

志村：書き直されたのを、送ってくだすったんですね？

米満：この前、福岡での水俣病記念講演会[5]で朗読されたのが、それを「幻のえにし」と題名を変えて、書き直されたものなんです。巻紙に、ご自分で毛筆で書かれて、それを朗読されたんです。

志村：毛筆で！

米満：まだあちこち直されているんです。『天の魚』の最初に入れた詩を。この前、巻紙に書かれましたでしょ？　朗読した時。

石牟礼：そうですかねえ。

一同：(笑)。

志村：私もね、この詩を送っていただいて、すぐに巻紙に、墨で、書きまし

（4）一九七四年筑摩書房刊。その後講談社文庫。（5）二〇一三年四月、福岡のJR九州ホールで開催された、第十三回水俣病記念講演会に、病をおして講演にのぞみ、これを最後の講演にするつもりと述べつつ、この詩を朗読した。

た。

石牟礼：え？

志村：これを写しました、感動して思わず。ちょうどこんな和紙が置いてあって、筆を持っていたんですよ。この詩を拝見したら、すぐ書いたの。素晴らしい詩だと思って、あまりにも、もう、声に出して、はじめ、読んで、それから書かせていただいて。

石牟礼：これを読んでいますと、声がつまってきて……。

志村：そうでしょう。これ、「序詩」と書いてますね。

石牟礼：はい。『天の魚』を書くときに、序詩というのを最初に書かなきゃいけなかったのを、なんと書けばいいのかと長い間思っていて、なかなかできなかった。ずーっと考えてまして、適当な言葉が出てこない。作品の半分くらい書いてから、やっと出てきた。

志村：「生死（しょうじ）のあわいにあれば」。

石牟礼：「生死のあわい」というのは、死ぬか生きるかのあわいを、いつも行ったり来たりしている、行ったり来たりしながら書いている。

志村　…そのあわいで見てらっしゃるわけよね。

石牟礼…畑の縁（へり）などに群生している草々や小さな花々や、それらを慕って飛んでくる鳥や虫やを見ていると、原初の頃の大地はこの世に命の色として自分を形にしてきたと思うんです。

洋子　…その、あわいに浮かび立つ色というのが、先生と母とが共通に持っている色彩に対する、感じ方というふうに感じます。この詩を、今の時代に先生がこうやって出してくださったのが、私の生き方の、舵を思い切って切る勇気をいただいたと思います。この詩で、色の立つ場所が分かってくるような気がするので、まず、この「幻のえにし」のお話を伺わせていただきたいんですけれども。

志村　…これは、じゃあ、ご病気になる前ですか？

石牟礼…ずっと前です。チッソ東京本社の前で真冬の正月にコンクリートの路上に新聞紙を何枚も敷いて患者さんたちのお供をしていた頃に書いたんです。

それはとても寒い冬でした。プラタナスという木の葉がそこら中に落ちていました。それを新聞紙の下に敷いて布団代わりにしていたんです。

志村　…でも、既にこの中に、辞世の句というか、いのちとか、いまわのきわ、とか出てきますでしょう。やっぱりそれを感じてらっしゃるから、こういう「幻のえにし」が出てくるわけですよね。普通の状態では、とてもこれだけの言葉は出ませんもの、ねえ。

石牟礼…東京に出てきた漁民たちの姿をみていますと、こんなおもいが言葉となって湧いてまいりました。その寝姿をみていれば、水俣から東京まで歩いてきたような気がしました。寒くて凍死するんじゃないかと思って……若かったからできたんでしょうね。今この歳になっては、あんなことはできませんね。

志村　…ここに「御身」と書いてあるでしょ。

石牟礼…「御身の勤行に殉ずるにあらず」。

志村　…「御身」とはどういうことを指し示しているんですか？

石牟礼…あなたがた。

志村：特別な方？

石牟礼：特別な方と言ってもいいし。縁の深かった人……。

志村：あなたがたの、勤行、に殉ずるのでは、ないと。

石牟礼：はい。

志村：「ひとえにわたくしのかなしみに殉ずるにあれば」。もう、そのとおりですよね。

石牟礼：はい。

志村：「道行のえにしはまぼろし深くして／一期の闇の中なりし」。素晴らしいお言葉なんですけど。これも「道行」ということは、お相手がいるわけ？

石牟礼：はい。相手は思春期の頃の、自殺した友人であったり……。とても愛し合っていた弟が列車に轢かれて死んだりとか。(6)

志村：そうでしたね。

---

(6) 石牟礼の、ひとつ年下の弟一(はじめ)は、「家族うちで一番気持ちが通じている」存在であったが、昭和三十三年に事故死した。

石牟礼：祖母であったり、母であったり。

志村：ええ。「われより深く死なんとする」、深く死なんとするという言葉も、深く生きて深く死なんとするということでしょうか。生そのものが死の中にあり、死はその生を受け入れる器というか、深く死なんとは、どういうことでしょう。

石牟礼：どういうことなんだろうと、私も思います。

志村：でも、わかるような気がするんです。

石牟礼：わかっていただけて、ありがとうございます。

志村：死を、ただ死としてではなくて、死と一体になって死を受胎し、新たに生まれ変わる、そこで深まってゆくというか、別々に死があって、生があるというのではなく、ほんとに死の中で自分が深まるんですよね。深く深く……。

洋子：いま先生がおっしゃった「御身」という、道行に一緒に行く相手というのが、深い体験や想いをかけた人々ですね。愛して、でも死んでしまった、どこか行ってしまった、そんな方々の深い思いをもともに死ぬということが深いですね。

石牟礼：みなさんと一緒に死ぬんだけれども、しかし実はひとりで死ぬんです。

志村：ひとりで死ぬんだけど、みなさんと、ともに、ですね。まったく独りで死ぬんではある。「ひともわれも　いのちの真際　かくばかりかなしきゆえに／煙立つ雪炎」……せつえん、ですか、これ？

石牟礼：はい。

志村：海に雪が炎のように立ち昇る？　どういう感じ？

石牟礼：今おっしゃってくださいましたように、雪が炎のように。

志村：雪が舞い立って、炎のように見えている。「雪炎の海を行くごとくなれど／われより深く死なんとする鳥の眸(め)に逢えるなり」。これですよ、鳥の眸。言葉なしなんですよ、鳥の眸に逢えるなり。

――深く死ぬという言葉がとても胸にこたえるのですが、では、どうしたら深く死ぬことができるんでしょうか。

志村：それは、言葉では言い表せませんよね。でもきっとその場になったときに、言葉以上の自分をも乗り越えた何かがあるのでしょうね。

石牟礼：ただもう、状況が、いまみんなで、死のほうに、絶滅のほうに、行ってますでしょ。

志村：ええ、そのことですものね。

石牟礼：それは文明論的に言う状況もなきにしもあらずですけれども、もっと深い悲しみを、人間は持つようになった。

志村：そうですね、だから、その状況を深く深く身に染みて死んでゆく、ただ死んでゆくのではなくて、今の絶滅寸前の人類の悲しみを全身に受けて、それとともに死ぬということではないでしょうか。やっぱり自分一人が死んでいくわけではなく、生きとし生けるものが、滅びに向かっているということですね。

石牟礼：深いかどうか……私にはそのように感じられて。

志村：だから私たちもこの詩を読んで、つよく胸を打たれるのです。で、鳥の眸というのが出てきますね。石牟礼さんの周辺にはこういう鳥だとか虫だとか草だとか、いつも一緒に連れ添っていきている。まったく同じ仲間のように、むしろ敬って……。

――人間がすぐれているわけではなくて、生きとし生けるもの、みんな命だということ、おっしゃっているのですね。

志村　…「はたまたその海の割るるときあらわれて」。海の割るるとき、というのがすごいですね。今まさにその時ですね。

石牟礼…これは、なんか、地震と遭っちゃったんですね。

志村　…今回の震災。まさにね。もう、海が割れ、津波がものすごいのがやってきたんですよね。「地（つち）の低きところを這う虫に逢えるなり」。これもなんか分かるようで分からない。

石牟礼…割れた土の上に。土の中から出てきた。虫たちが出てきた。

志村　…ふだん出会えないような虫が出てきたんですね、ここで。「この虫の死にざまに添わんとするときようやくにして／われもまたにんげんのいちいんなりしや」。「なりしや」というのは、なるのではないだろうか、人間のいちにんに、ということですよね。「かかるいのちのごとくなればこの世とはわが世のみにて我も御身も／ひとりのきわみの世を相果てるべく　なつかしきかな」。これも、この「御身」というのは、先ほどの道行のところに出てきた……。

石牟礼：はい。

志村：ひとりのきわみの世なんですね。

洋子：そう、だから「なつかしき」というのが、この言葉遣いが、先生の独創的なところと思います。なつかしいのは、一回だけの人生ではなくて、いっぱいの人生体験からのなつかしみを感じさせるところだと思います。薄ぺらじゃないんですよね、言葉が。

志村：ほんと、ひとつひとつが、言葉の無限に広がる世界、あちらの世界まで……。

洋子：深く悲しめるってふつうはできないですよ。宗教者であっても、世に素晴らしい人だって言われている方々でも、私は、深く悲しむってことは本当にできないことだと思うんですよ。で、それが深く死ぬっていうことになるのでは……。

志村　：深く生きるってことであり、それがなつかしいということであり、みんな続いてますすね。「ひとりのきわみ」を心得るからこそ、その「相果てるべく　なつかしきかな」という言葉が、生きてくるわけね。

石牟礼：そのように一生懸命読んでいただいて、光栄でございます。嬉しゅうございます。

志村　：これだけの詩の中に、もう、尽くせぬ……声に出して読みたくなりますね。「今ひとたびにんげんに……」。

石牟礼：「今ひとたびにんげんに……」。

志村　：石牟礼さん読んでください。ご自分のだから。

石牟礼：目がよく見えないんです。

幻のえにし

生死(しょうじ)のあわいにあればなつかしく候
みなみなまぼろしのえにしなり

御身の勤行に殉ずるにあらず
ひとえにわたくしのかなしみに殉ずるにあれば
道行のえにしはまぼろし深くして
一期の闇の中なりし
ひともわれも　いのちの真際　かくばかりかなしきゆえに
煙立つ雪炎の海を行くごとくなれば
われより深く死なんとする鳥の眸(め)に逢えるなり
はたまたその海の割るるときあらわれて

地（つち）の低きところを這う虫に逢えるなり
この虫の死にざまに添わんとするときようやくにして
われもまたにんげんのいちいんなりしや
かかるいのちのごとくなればこの世とはわが世のみにて我も御身も
ひとりのきわみの世を相果てるべく　なつかしきかな
今ひとたびにんげんに生まるるべしや　生類の都はいずくなりや
わが祖（おや）は草の祖　四季の風を司り
魚（うお）の祭を祀りたまえども
生類の邑（むら）はすでになし
かりそめならず　今生の刻（こく）をゆくに
わがまみふかき雪なりしかな

石牟礼：それで終わりです。長い詩を書いたものですね。

志村：すごい詩です。もう、生きとし生ける生類の都はなくなったと。

石牟礼：はい。

志村：そうお思いになる？

石牟礼：はい。そう思います。

志村：それはもう、水俣の以前からそうお思いになって、既にこの時代がそういう時代になってきているんですよね。もう、生類の都ではないんですね。

石牟礼：はい。

志村：でも、幼いときとか、お父さまたちの時代は、まだ多少ありましたよね。

石牟礼：多少ありましたね。

志村：それがどんどん、どんどん……。

石牟礼：京の都って、日本中の田舎が思っておりましたけれども、水俣あたりからは、京の都って、とても遠い感じがします。

志村：はるかはるか。

石牟礼：長崎は、「花の都」。

志村　：花の都ね、そうおっしゃってましたね。

石牟礼：「花の長崎」って、言ってました。花の京都とは、言わない。遠すぎる。

志村　：船で行くんでしょ、長崎はね。

石牟礼：熊本は都じゃなかった、花の都は、長崎だった。

志村　：長崎はやっぱり、こう、外来のあれで、花の都だった。

石牟礼：外国の船ばっかり来て。

志村　：長崎はなんかちょっと手が届くかなという感じの都なんでしょうね、京都なんかはね、もう遠くてね。でも、その都にもう生類の都はないということをおっしゃった。「生類の都はいずくなりや」。

洋子　：その「いずくなりや」というのを仏教的な感覚でいくと、仏の世界であるとか、曼荼羅の世界であるとかっていうふうに観想しますけど、この世の生類がこのような状態になるときは、あの世の仏の世界も見えなくなって、なくなるのでしょうか。

石牟礼：それはとても抽象的な世界。

洋子：イメージの世界では辿りきれなくなって、命が枯渇するということとどっか接近してるんですね。

石牟礼：そうですね。

洋子：で、イメージというのが、命であると同時に色彩であると、具体的になってくるわけですよね。

志村：色彩があるわけね。命があるということは。

洋子：だから、お話していただきたいのは、そこのところだと思うんですよ。生類の都いずくなりや、とおっしゃってる先生の色は、いま一番大事な色は何か、ということと、それを具体的に、この世で衣装にしようとする、その辺の話を今回聞かせていただければ、色と生命の扉が開くような気がするんです。

——この詩を、いま志村先生に送られた、そのお気持ちはどういう感じだったんですか？

石牟礼：どういう感じ……。

志村：私は、送ってくださったとき、新作の詩だと思ったんです。詩ができましたよっておっしゃって、送ってこられたから。

洋子：それは、今回の「沖宮（おきのみや）」のお能を書かれた、そのお気持ちの盛り上がりとともに、じゃないんでしょうか？

石牟礼：そうですね。あの紅の色というか、緋の色をいろいろ想像して。この前、送ってくださったものの中に、先日いただいた糸のお写真がありました。ピンクというか、紅と言ったらいいか。あのういういしい光というか……。

洋子：やっぱり、そういう、なんか、ぱっと言葉と結びついた感覚があったんでしょうね。

志村：で、送ってくださったのよね。「詩ができました、読んでください」ってお電話で……。

石牟礼：あの色、とても、ういういしい。

志村：そうなの。私はもう、石牟礼さんの「沖宮」の主人公、あやを想像して、染めて、待ちきれなくて、もう織ろうと思って、やってるんです。もういま、経継（たてつぎ）に入ってます。

洋子：色と言葉がこれだけ生き生きとつながってるということですよね。

石牟礼：あの色を見て、これだと思った。村の人たちの雨乞いの場で、あやが神代（かみよ）の姫になって、まあ人柱のことですけど、海に入るのに舟で沖へ出る場面があります。その場面でどんな衣装を着せようかと。沖に向かってゆくあやを村の人たちが涙を浮かべながら「よかところに行こうぞ」と拝む場面にふさわしい色の衣を着せたい。「沖宮」の、終わりの場面は、死ぬんじゃないですよ。「沖宮」というのは命の生まれるところ。

志村：ええ。

石牟礼：妣（はは）たちの祖がいるところ……。代々つながってきた母たちの祖がいる沖宮へ四郎があやを連れていくんです。あやは実は竜神さまの娘なんです。

志村：そうそう、母のね、そこに手を取り合っていくんですよね。

石牟礼：沖宮に行くのは、死にに行くんじゃない、生き返るための道行なんです。

志村：ああ、そうか。よみがえる母たちの宮……。

石牟礼：生き返るときの色。

志村：わかった。そうですよ……。ずっと京都をでてから、洋子ともしゃべっていたのですけれど、あの緋の色と水縹（みはなだ）の色はこの世のものだろうか、あの世の色だろうか、あわいの色だろうか、っていろいろ話をしていたの。

石牟礼：はい。

志村：よみがえりの色だったのね。やっと分かりました。だから、もっともういういしいんですね。

洋子：だから、しっかり生きないとダメなんですよね、よみがえりのためには。

志村：そうそう。

洋子：深く悲しんで、深く死ぬと、よみがえりがあの緋の色なのでしょうか。

志村：いままではなんかね、いけにえに捧げる乙女の最後の緋の色というのが、なんか痛ましい印象があったんですけど、今お話を伺うと、それこそよみがえりなんだ、それは、そこを通らないとよみがえれないんだ。ああ、そうですか、わかりました。

石牟礼：人間はなんというか、身の程を越えた生活をしておりますから、自滅するかもしれませんけど、自滅するかもしれないと思いながら、こういう世の中ですから新しいよみがえりを祈っていたと思います。日本はもう列島そのものが毒死列島になるという想いで書きましたけれども、どうも……なにか……物語がよみがえらない、うんうん、人間の……。

志村：それで今度の「沖宮」は、何度も何度も書きなおされた？

石牟礼：はい。

志村：「草の砦」書き直すたびに送っていただきましたものね。

洋子：物語がよみがえりましたか。

石牟礼：このままではよみがえらないので、よみがえらせたい。

志村：そう。色の力で。

石牟礼：それで、最後に雨乞い伝説を歌う歌がありますけど。島原の乱のもとになったオラショを入れました。

志村：「沖宮」の前の、「草の砦」というタイトルでいただいたときには、なかった場面ですね。

石牟礼：こだわって、今度は書いたんですよね。なんべんも書き換えて。

洋子：じゃ、先生、天草四郎の水縹色は？

石牟礼：水縹色は、送ってくださったお写真の、あの、赤い糸をかけてある向こうのほうの棚の上に、糸の束が、紫がかったような……やっぱり紫の光ですね。

志村：ああ、そうですか。だからね、どうしても、紫、出てくるんですよ、水縹と紫はね。

石牟礼：その隣に、やや薄めた色の紫……。

志村：そうそう、石牟礼さんが、天草四郎は少年で、そして少年のままで本当に昇天しているということをおっしゃったでしょう。

石牟礼：はい。
志村：で、私は、そのままに昇天した色が水縹色だと。そういうふうに思っていたんですよ。私の中では、紫が下からずーっとあがっていって、水縹になっていくイメージなんです。
洋子：藍ではなくて、水縹ですよね。それはどうしてでしょうか？　濃い青ではなくて、水色なんですね。
志村：藍とは違いますね。
石牟礼：……それもちょっとくすんだような水色。
志村：やっぱりそう、秘色（ひそく）ですよね。私もね、いわゆる藍ではない気がしていました。藍には、この世の、なんと言うか、男性の潔さ、それから、生きている生きざまの立派さ、そういうものがあるんですけど、水縹にはそれがないんですよ。もっと、今おっしゃるような、少年のままですーっと、なにかミッションを受けて、そこで散ってゆく色なんです。こちらの緋の色は、まだ五、六歳の乙女が、やっぱり昇天していきますね、だから、両方ともこの世のものではない、あの世とのあわいですね。今までにない……。この世の中ではっきりと出てくる色は、蘇芳(すおう)の赤なんですよね。それは女の念とかね、女のいきざま、そういうものは蘇芳の赤だけど、あの緋の色の紅は、そこまでいかない乙女の、そのままのつぼみですね、ある意味。同じ赤でも全然違うんです。私が染めていても、紅で染めているときは、本当に地上のものと思えないものがばーっと出てくるんですよね、ところが赤で染めてるときは、もやもやと胸が熱くなるような苦しくなるような……染めてるときの気持ちが全然違うんですね。だから、色というのはそのものを表わす、生命を表わしているんじゃないですかね。

――染めるときに、色によって気持ちが変わるんですね。

志村　…もう全然違う。紅を染めてるときは地上的な感じを持たないんですよ。糸も透明になって、どんどんどんどん澄んでくるから。蘇芳は、濁りに濁るというか、女の気持ちが熱くなって、ここに、もやもやと立ち込めてくる感じなの。

洋子　：水縹は、少し汚れているんですよね、水色でも。ちょっとくすんだような、青磁のような。

志村　：ちょっと緑がかった。

洋子　：すかっとした水色ではなくて。

石牟礼：はいはい、わかります。

――それは藍からはとれないんですね？

洋子　：藍からは取れないんです。臭木からです。

志村　：臭木（くさぎ）でないと出ない。

石牟礼：臭木菜というのは、食べてたんですよ。

――『十六夜橋』の中でも、召し上がるシーンが出てきますね。

志村　：この前も、そうおっしゃってた。あの、春先に芽が出たとこね。

洋子　：あれ、おいしいですよね。

石牟礼：芽が出て、苦味がかすかにあります。

志村　：文章の中では、くさぎなって書いておられましたね？

石牟礼：くさぎ菜と言っておりました、菜っ葉の菜。で、春先に母と二人して海辺の山裾から摘んで来て、茹でて食べておりました。

志村：実のことは、ご存知でした？

石牟礼：くさぎ菜の実？

志村：ええ。くさぎ菜の実。あれで染めるんです。あれが秋になると実がなる。

洋子：一番濃い藍があるとしますでしょ、濃紺が。で、白までのグラデーションをずっと作っていくときに、最後の薄い水色はどうしても藍では出ない。どうしても最後の色にするには濃すぎるんです。ですから、臭木を最後に使うんです。白との間は臭木になる。それが先生のおっしゃった色になると思う。

志村：そうなの。ちょっと水色にね、緑味というか黄味というか、ちょっと入ってるの。それはどっちかというと青磁がかったくすみ。

洋子：鉱物がかるというか。植物の生命から、ちょっと、死の方向に行くので、もう命がない水色なんですよ。たぶん、それが一番、色としては近いのではないでしょうか。

志村：それが一番、天草四郎の色ね。

石牟礼：若々しいけれど、落ち着いた色ですね。

志村：臭木は、南方のほうに多いんですよね。だから、熊本にも絶対ある。

洋子：四郎の衣装を、ここの辺の、熊本にある臭木で染めると一番いいですね。ほんとうは、先生がお染めになった糸で織ったら。素晴らしいでしょうね。染められますよ。白い糸をこうしてくちゅくちゅくちゅとやって、しばらく置いたらいいんですもの。

石牟礼：小学校の三年生くらいのときに、ブルマーが流行ってきて、学校に売りにくるんです。

洋子：紺色のブルマーですか？

石牟礼：黒です。ところが私の家はお金がないもんで、どうしようかなと思って。それで叔母が染物をしていて、それで真似をしました。まず生地がありません。それで古い生地がないかなと。いろいろぼろを出して、広げて、結局、祖父のセルの着物を、虫が食ってないところを切り取って。

志村：ああ、セルね、毛ですね。

石牟礼：毛織物。それをあちこち切り取って。それで「みやこ染め」と言うんですか。

志村：ええ、ありました。みやこ染め。こんな壜に染料が入ってるのよね。

石牟礼：それを叔母が買ってきて染めてましたので、私も真似をして、黒く染めて。それでブルマーを自分で作って着ていきました。

志村：ああ、そうですか。毛ならよく染まりますよ、きっと。

石牟礼：きれいに染まりました。染め物に興味があって、しばらくなんのかんの染めてまして、色止めでお塩入れたり、お酢を入れたり。そういうことを小さいときにやっていたんです。

志村：そうですか。染めってね、楽しいんですよね。

石牟礼：楽しいですねえ。

志村：ほんとにね、私のとこでも、四月に開校したばかりの学校で、みんなお染めをやっているんですよ。皆さんものすごく喜んでやっています。きのうもアザミを染めたの。こんなにたくさんアザミが生えて、花が咲いていたんですよ。それを取ってきてくださった。

石牟礼：花が咲いたまんま染めるんですか？　ぜんぶ炊き出すんですか？

志村：そのまんま全部炊き出すんです。それで染めたの。きれいな緑。ここのところだと、いたどり。それから木苺も染めました。

石牟礼：木苺！

志村：赤い実がきれいなの。食べようかなと思ったのだけれど、でも染めてみようかなと。

石牟礼：何色ですか？

志村：やっぱり薄緑なんですよ。すごくきれいなの。

石牟礼：苺の実をですか？

志村：いいえ、葉っぱ。実は食べて（笑）。葉っぱも茎も一緒にざっと刈ってね。痛いんですよ、棘があって。痛くても、なにしろ取ってきて。（布をとりだす）これはね、からすのえんどうで染めましたのよ、首に巻いてくださいます？

石牟礼：まあ、なんですの？

志村　：からすのえんどう。

石牟礼：からすのえんどう。すずめのえんどうも、ありますね。

志村　：ありますよね。

石牟礼：きれいですねえ。

志村　：こういうふうにちょっと首に巻いていただいてもいいと思うの。巻いてくださいますか？

石牟礼：まあ、ありがとうございます。お手間のかかったものを。

志村　：いま一番野原に出ている、マメ科のからすのえんどう。いっぱい生えているんですよ。ピンクのお花がついて、こんな小さい実がなって。ここらにないかしら。いくらでも生えているの。でも今だけなんです。これは、いわゆる藍と黄色をかけあわせた緑じゃなくて、いまの時期だけ、草の萌え出ずるときだけの緑。媒染は銅なんですよ。

石牟礼：最近、ひどい俳句を書き始めまして。

志村：俳句？

石牟礼：「毒死列島　身悶えしつつ　野辺の花」

洋子：すごい（笑）。

石牟礼：なんだか悪意を持ってる俳句です。全然俳句の精神に反してる。

志村：季語なし、花鳥風月なし。

洋子：救いなし、みたいな（笑）。

石牟礼：もっときれいな俳句を作りたいですね。

志村：藤原書店の『環（かん）』という雑誌に、ずいぶんお書きになっていたでしょ？

石牟礼：俳句を、毎回出しているんです。

志村：今月もまた。
石牟礼：「天上に　住みかえて蛙らの　声やよし」
志村：ええ。
石牟礼：「今は行方不明の　蟻の影」
志村：それもいいですね。
洋子：『道標』[7]の何号かに先生のお若いときの、十九歳や二十歳のときの句が載っていましたね。
志村：詩歌はお若いときから書いてらっしゃるのね。
洋子：でも、お疲れになりませんか。筆でお書きになったりするの。
米満：毛筆は毎日書いて、練習したいと言われるくらい。
石牟礼：毎日は書いてませんけど、願望としては、毎日筆を執りたいなと。この頃ペンが、手がやや不自由になっていて、持つ角度によってかすれるんです。

(7) 熊本市を本拠とする「人間学研究会」編集・発行の雑誌。

それで、まっすぐ立てて、でも、まっすぐ立てて書くというのは、大変難しい。

志村：それは難しいでしょうね。

石牟礼：だから書かずにいると、どんどん退化していく。それで、私、嫁に行くとき……私、お嫁に行ったんですよね。

志村：ええ（笑）。

石牟礼：そしたら、そのときに、終戦のあとですから、お兄さんのお嫁さんと一緒にお式を挙げれば経済的だからというので、お式の晩が来ました。なんか箪笥だとか長持ちだとか持たせてやるのが村の習慣だったんですが、私はそんなこと全然考えなくて、箪笥や長持ちを持っていくという気が起きなかったの。そういうこと、知らなかった。それで和紙をね、短冊と色紙と。和紙は水俣にもあったんです。それを買って、嫁入り道具と思って。

洋子：あらまあ、紙を？

石牟礼：それが、まだあるんです。

志村：えっ？　どれだけたくさん、持っていかれたの？

石牟礼：そしたら、嫁は、行った先で箪笥を飾るんですね。それで村の人たちが見に来る。それが、私の嫁入り箪笥というものがないもんで、あらー、道子さんの嫁入り道具は……。

洋子　：紙だけって？

石牟礼：そう、言われた。それで、紙はあまり使わないで、まだ幾分かあるの。

志村　：まあ。何十年前の嫁入り道具の紙が、まだあるんですね。じゃ、それにお書きになったらいいわ。

石牟礼：だけど、その意味を、誰もわかってくれない。

志村　：意味を？

石牟礼：嫁入り先は字を書くところと思い込んでいたの。

志村　：どうしてかしら？

石牟礼：なんででしょうかね。字を書いていいところだと思ってた。

志村　：まあ。

石牟礼：それを最初に聞いてみればよかったんですけどね。

志村：そんなとこじゃなかったのね。でもお嫁に行く前、うちにいた時には、書きたくても書けなかったという思いがあったんでしょうか。結婚して独立すれば、書けるという思いがあったんですね。でも、そしたら、先方さん、どうなったんでしょう。

石牟礼：先方は何の反応も。変わった嫁が来たと思ったかも。

志村：なんで紙なんか持ってきたかと思われたかもしれないわね。それはそうだと思います、その当時はね。

洋子：傑作やねえ。

――白と青の隙間の色が、藍では埋められないというのも驚くお話です。

志村：かめのぞき[8]は難しいんですよ。

洋子：藍＝愛では埋まらなくて、哀しみで埋めましょうって（笑）。でも、たぶん、人間という存在は愛だけでは埋まらなくて、哀しみというか苦しみというかそういうものが、ここにひそやかに入ることによって、なんか出来上がるというか、次に行けるような気がするんですけど、それが先生のおっしゃってる「水縹色」と。
志村：「紅(べに)」で、という。
洋子：でも、送ってくださったこの「幻のえにし」は、逆にもう、闇と雪の、色のないような世界ですよね。
志村：そうですね。
石牟礼：いや、色のない世界からしか、色は出てこない。
志村：そのとおりですね。
洋子：最近になって、八十歳を過ぎてから母が紅花というか、緋色を一生懸命やりだしたというのが……。紅花の色というのは、屈折がないんですね、他の色は屈折があるんですよ。蘇芳の赤であるとか、櫟(いちい)の朱であるとか、色に苦労があるんですけど、紅花は本当に色そのものなので、屈折がない。それをど

(8) 白に近いごく薄い藍色。

うして今頃ね、人生の最後の頃になってやりだしたんだろうって、なんか乙女に戻ったみたいな気がしていました。本能的というか、その、無意識の中でもよみがえりという希求、乞い求める何かがあるのではないかなと、お話をお聞きして思いました。ほんとに色そのものであって、そこになんら、屈折がない。

志村　…陰影とかね。やはりこの年になって自然に紅を染めたくなった。

洋子　…純粋な感じ。それは、今のお話でわかる。とても腑に落ちました。

志村　…なんか、人生の幕が開く前の色みたいな気がする。特別なんですね。

洋子　…しかもそれはきれいごとではなくて、非常に深い悲しみの、ある意味、闇からしか出てこないという、そこが大事だと思うんですよ。光、命、希望、もちろんそれはそうなんだけれども、やっぱりそこは深い悲しみと諦観とがないと、けっして咲かないというか。先生の言葉には、不思議と、そういうことがはっきりと諭されているような気がするんですよね。

それで藍の世界というのは、グラデーションがないときれいじゃないんですよ。

志村：そうね。生きているこの世の哀しみ、グラデーションによって支えられているような気がします。

洋子：変な話しますけど、藍一色でしたら神聖な感じがしないんですよね。

志村：そうですね。まっすぐしすぎていますね。つまらない。

洋子：この世というか、なんか、藍はグラデーションがあってこそなんですよね。真っ白と藍の間をいつも行ったりきたり、行ったりきたり、そこがすごく深いし、色として最大の特徴だと思うんです。聖なるものの表現は藍が欠かせないし。紅の表現というのは……何て言ったらいいんだろう。紅はホントに難しい。真意がなかなか伝わらないので。

石牟礼：美なんですよね。究極的には。

洋子：その美というものが、ほんとにきれいなものだけが美なのかどうか。悲しかったり苦しかったり、そういう人間の魂の叫びみたいなものも美に昇華されるのか。

志村：それこそが美なのよね。そこをとおりぬけないとね。

石牟礼…美を失ったんですよ。失いつつあります、今の日本人は。

洋子…そうですね。

志村…その前に、真・善がもう失われつつあるから、美も必然的に失われてゆくしかない。そこに踏みとどまることの難しさ……たいていは手放しますよ。

洋子…美を勘違いしているんです。きれいなものを美しいと思って、そっちをやっているけど、勘違いしている。本当の美が取り残されて、滅びるというか。でも、この美がないと、命はよみがえらない。

志村…そう。今、石牟礼さんと私は、そこのところを語りたいのですよね。

洋子…で、どうにかして、ホントはこっちだよ、というのを、少しは知らせなくてはいけないんだけど、言葉がない、どうしたら、それが伝えられるか、ひょっとしたら、やっぱり色じゃないだろうかというところまで、たどりついている。

志村…やっとそこまでたどりついて、色と言葉が結びついてきたんですね、いま。現実的に絶滅しかかっているものを何でつなぎとめるか。色ですね。美しいと心から感じること。

洋子　…色と言葉なんです。

——言葉が内実を失いつつありますよね。

志村　…そう。その内実は私たちがたしかに身の内に感じ取り、言葉として伝えなきゃなりません。言葉の内実となる豊穣な世界を失ってしまっているから、言葉そのものが生きなくなって、宙に浮いてしまっている。目に見えるものしか見ていない、感じない世の中になっている。

——そのときに、先生のお出しになっている色というのは、内実そのものを見せていくほかないというところで、お仕事されているということですよね。

志村　…そうですね。私はそのときに、色がね、この世だけのものではなくて、さっきおっしゃったあわいの色、どこか見えない世界からの訪れ、なにかの警告、いろんなことを含んでいると思うんです。見えない世界からの音信なんです。せっかく音信がきているのに、その手前でコンピュータや情報が邪魔している。色が伝えようとしていることを見ないで、色だけをみている。

石牟礼：そうなんですか。
志村：色はね、どこかからか、私にとっては、瞬間に射してくるんですよ。ここから出るんじゃなくて、パーっと射してきて、ここにあったものとぴたっとなったときに、色が出ているんだけど、その話は難しくてね。
洋子：それは、無理よね。
――それはお手元のお仕事の実感ですよね。
洋子：染めているときに射してくる色を語ったり、それを撮れば、一番よくわかる。
志村：それで私は、手が一番大事だ、手だ、ということを言ったんです。手こそが物を考えて、物を言う。手が先に動くんです。手が魂を伝えるんです。
石牟礼：そうです、そうです、手で考えているんです。ほんと、手を使わなくなりました。
志村：機械がすべてになりました。だからこそ今、手なんです。
石牟礼：ボタンひとつで世の中を動かしている。

志村　：そうです。リルケですら、詩は手で書くと言ってるんですよ。手で書かなきゃ、詩を。頭だけで考えていたんじゃ、ダメ。言葉だから。

石牟礼：そうですね。

志村　：「心慕手追（しんぼしゅつい）」という言葉、心が慕い、手が追うという、心が思っていることを、手が慕って表現してくれるんだけど、心が思わないと、手は動かない。手ばっかりが動いているんではないんですよ。そしてね、手が助けてくれるの。心でね、表現しようということを手が助けてくれる。手がね、先に考えてくれるって。手には神さまも悪魔もひそんでいると。

洋子　：でも、思えば、母も石牟礼先生も、昔からものすごく手を動かすお仕事されてますよね。お料理される、畑される、縫い物される……。

志村　：手です。そうそう。

洋子　：縫い物もされますものね、先生。

石牟礼：縫い物、大好き。しょっちゅう縫い物してます。繕う。

志村　：うん、そう。お料理だってね。

石牟礼：はい、畑も。手を考える場合に、何が大事かと言うと、大地が大事。
志村：あ、そうね、大地ね。
石牟礼：大地からすべてが生まれる。
志村：そうですね、大地と手だわね、きっと。
石牟礼：大地と切れた生活に入ってから、おかしくなった。
志村：そうね、堕落したの。ボタン一つでなんでも動かしてるじゃないですか。それが人類を狂わせていますよね。
石牟礼：そうじゃないんです。
志村：大地と手ですよね。
洋子：そこに技が出てきますものね。
志村：どんなね、芸術家でも、手がなかったら描けない。頭だけでは描けない。もう絶対的なものなんですよね。それともう一つ、「身に添う」ということを言ったんです。朝から寝るまで、私は仕事が身に添っているでしょ。さっき空港降りてからも、こちらに伺うまで、ずっと木を見ながら、栗の花が咲いてる、あれで染められる。……それぱっかり。何見てもつながっている。身に添う、心に添う。だから特別に何かをやらなくても、つねに仕事が身に添ってるわけです。身に添うということと、手ということと、見えざる世界、そこにすべての源泉がある、と。

石牟礼：原始社会の人たちは、とっても幸福だったろう。

志村：そうだと思います。私も今日飛行機に乗ってて、もう既にああいう文明の利器が出てきたことによって、人間は大地から見放されたなあと思いました。飛行機なんか、上から見なくてもいいじゃないですかね。私たちはせっかく大地に接して生きていたらいいのに、上からこう見てね、なんかわれわれは優越感なんか感じてるのは、おかしいなあと思って。

石牟礼：私どもはどこから来たのでしょうか。ご先祖さまははじめ、草や花や小さな虫たちだったのに違いない、と思うんです。そして、猿やら狼やら人間が生まれてきて、そしてまた馬も牛もペンギンも生まれて来て、それぞれ自分たちの言葉を創り上げてきたわけでしょう。そして、食べたり食べられたりして、ここまで来たわけですよね。思えば草食動物たちが緑色の草を育ててきたとも言えますね。生きものたちの糞尿が山野を育てたに違いありません。山野には草が生え、その草の繊維が人間の着るものになっていきますでしょう。山野には四季折々の花々が咲き誇っていたでしょう。人間の言葉を持たない動物たちも、花々の色を見て美というものを感じていたのではないでしょうか。まだ言葉のなかった時代、色というのは、生命の実質として現れたと思うのです。たとえば、山桃が熟れていく様を見ていても、はじめは緑色で、うっすらと黄色を混ぜながら桃色になり、赤みがついてきて熟れて美味しそうに見えます。さらにその上に黒味を帯びてくるといかにもおいしそう。とって食べていました。食べずにいると、そのうち地上に落ちて次の木の種となる。山ぶどうも同じです。

洋子：もう一度、色と言葉の話に戻りましょうか？

志村：はい。

洋子…色と言葉とは何かという、根本的な話になってしまいますけど。いま、かわいいとか、おいしいとかの表現でほとんど通じさせてしまう風潮がありますよね。
――あと、もうひとつ、「ヤバい」というのも。
志村…おいしいときも「ヤバい」と言いますね。
――これは自分の想像を超える、ということを、「度合い」だけで言いますね。色合いでは言わないで、度合いだけで。
洋子…きめ細かい日本語を使えない。言葉の貧困は、イメージの貧困につながると思うんですよ。
志村…なんでもかわいいと言いますでしょ。
石牟礼…若い人の言葉は最近、知らないです。
洋子…だいたい「かわいい」ですむんですよ。素敵だとか、なんか感慨深いとか、全部かわいいになってます。
志村…言葉が記号化されてるわね。ものの影とか、そこはかとなくとか、色合いのうつりかわりとか、そういうのがなくなって。

洋子　…言葉で正しい表現が本当にできなくなっているんですよね。ほんとは日本語の敬語表現は、非常に関係性の微妙なところを表現する言葉なのに、過剰に敬語を使うでしょう。あれは変ですね。

石牟礼…渡辺京二さんがおっしゃってたけども、電車に乗ってたら、前に若者たちが座ってた、そしたら、ひとりが、「日本は、おめえら知らないだろうけれども、アメリカと戦争やったんだぞ」って。そしたら、もう一人が、「うっそー!」って（笑）。

志村・洋子…え!

志村　…いま、そういう世代なんですね。

石牟礼…「うっそー」みたいな、簡単な言葉で、そんなのがあるみたいです。

洋子　…恐ろしい。……でも、それは、その子たちの罪と言えるのでしょうか。

――伝えることを忘れてる、伝えることの大切さというのが、おろそかになっているんでしょうね。

洋子　…で、現代の若者たちが戦争の前後に生きてたら、国のために死ねるでしょうか。「うっそー」ということを言う子でも、そういう状況に入ったときに、ある教育のもとだったら、違う考えになりますよね。

志村　…ねえ。

洋子　…ここまで来てしまったのもこの国のありようというものですよね。いま、美というのは、もう求めようがないんでしょうか？　石牟礼先生とイワン・イリイチさんとの対談[9]のなかに、神は死んだというお話をずいぶんされて。あれは水俣のあとですかね。衝撃的な対談でした。

志村　…そうでした。もう宗教はない、宗教は死んだとおっしゃったのね、あのとき。

石牟礼…はい。

志村　…ああいう水俣のような問題が起こった時に、果たして宗教はどういう

(9) 河野信子・田部光子著『夢劫の人――石牟礼道子の世界』(藤原書店刊　一九九二年) に収録された対談。

ふうになるだろうか、どう読み解くだろうかって。そのとき、おそらく、もう、死んだんだっておっしゃった。

石牟礼：なんとかとおっしゃってましたけど、もう昔の思い出。

洋子：もう、何が美しいとも言えなくなってるのね。「美しい」とは屈託なく言葉にはしづらくなっています。

志村：でも、これは無理に明るくしようと思ってもおかしいものね。

――この「幻のえにし」にまた戻ってしまうんですけども、先生、これ、「天の魚」を書かれたときに既に書かれていたとすれば、そのときに「生死のあわいにあれば」というふうに、もう思ってらしたんですね。

石牟礼：はい。

志村：そうだと思う。ずーっと思ってらしたと思う。石牟礼さんの根っこから、それは出ている言葉でしょう。

石牟礼：若いときからずっと。

志村：たとえば、おばあさまの問題にしても、弟さんの問題にしても、死者はいつも共にいた。すべて、「生死のあわい」を、もう身をもって体験してらっしゃるものね。私なんかもそうでしょう。もう、おっしゃるとおりよ。兄のこと[(10)]にしろ、なににしろ、みんなそうです。みんな体験してますよね。たぶん同じ、「生死のあわい」は。

――「うつつ世」ということだけでは、物をお考えにならないということですよね。

志村：そうですね。石牟礼さんが存在する、水俣になぜかお生まれになった。

洋子：先生は、たぶん、水俣病という社会的な大きな問題がなくても、根源的な魂の傷があったんですね。

石牟礼：日常が……。

志村：そう。水俣が、あってもなくてもそうなのね。日常が、既に、あわい。

石牟礼：あの、共同体と言いますけれども、田舎でなくとも、東京であっても、

(10) 画家であった志村ふくみの兄・小野元衛（もとえ）（一九一九〜四七）は、生前作品を発表することはほとんどなく、二十八歳で肺結核で夭折した。

言いますけれども、人間の関係というのは、そうそう毎日うまくいかないに決まっているので、そのとき受けた傷を数で数えてみたら、どのくらい……。

志村：そうです。生きているのが不思議なくらいです。

石牟礼：立っていられないくらいの衝撃を受けるでしょうね。

志村：そうですねえ。

石牟礼：そういってしゃがみこんで人前では泣けないから、どっか隠れて泣くところはないかしらと思っておりました。私だけではなくて……近所の、隣の隣に、鍛冶屋さんがおられました。その鍛冶屋さんのおばさんはものすごく優しくて、立ち姿がとても優美で、仕草が優美なんですよ。そしてお召しになっている着物は、ここに、肩に、必ず継ぎがあたっている。ここから破れますよね、和服は。それなのに、姿が美しい。

志村：ええ。

石牟礼：おじさんは鍛冶屋さんですけど。そこの長男は私より年上でした。その人がうなぎを獲りに行くんですよ。うなぎを獲りに行って、親兄弟だけでなく、町内の者に見せたい、うなぎを沢山獲ってきたのを。バケツから取り出して、お父さんに渡すんですよ。渡そうとするんですよ。で、おとうさんはこうして、ふいごを、ふいごって知ってます?

志村　：ええ、ふいごね。

石牟礼：ふいごを吹くのをやめて、長男の手からうなぎを受け取ろうとする、すると、うなぎがにょろにょろして、道のほうにうなぎが逃げ出してしまう。そしたら、あっちのほうから馬車がやってくるんですよ。

志村　：ああ。

石牟礼：馬車。馬は驚いて、前足を上げながらひひーんと鳴いて、後ろ足で立つんです。客馬車ですよ。お客さんが乗っている。

志村　：乗ってるの?

石牟礼：で、お客さんは驚いて、窓にしがみついて。そうすると、町中で、そこを通れなくなるんです、人々が。馬が立ち上がって、ひんひんひんと言ってる。するとおじさんは焼酎をいつも飲んでいるから、顔を真っ赤にして、うなぎをおっかける。素手では取れない。

志村：ええ。ぬるぬるして。

石牟礼：ぬるぬるするから、鍛冶用の濡れ雑巾を持って、捕まえようとする。するとひとだかりがして、しばらく通りが止まって、みんなで囲んでおじさんを見ている。それが、おかしい（笑）。

志村：おかしい！

石牟礼：おばさんは、もう恐縮して、みなさんに、もう、一生懸命お辞儀しておられましたけど。そのうなぎはその一家の夕食の大事な材料。貧しい町でしたけど、そんな愉快なこともありました。千鳥足っていうのがあるでしょう。

志村：焼酎で酔っ払って？

石牟礼：ええ、千鳥足で、うなぎをつかまえようと。うなぎもまた……。

志村：おかしいわね。落語みたい。

石牟礼：楽しい思い出でした。それで、もう、一週間も十日もその話で。

志村：みんなで、同じ話をして同じところで笑う。

石牟礼：みんなで楽しむ。

志村　：そうね、そういう時代もあったのよね。

石牟礼：幸せな思い出です。二、三日してからも、おばさんは、近所の人に謝って。

志村　：継ぎがあたっているのに、美しいおばさんが（笑）。

石牟礼：その家には裏に、イチジクの木がありましてね、私の家にはないんです。で、イチジクが熟れる時期には、ポトンと落ちるんですよね、地面に。そうすると、アリたちが、こう、道を作って、二つに割れたイチジクに向かって、ぞろぞろ来て、みんなで抱えて……。

志村　：えっ、イチジクを？

石牟礼：抱えて移動するんです（笑）。

志村　：まあ（笑）。

石牟礼：私はじっとかがみこんで見ていて、イチジクを拾いたいけれども、これはアリたちのもんだと思って（笑）。

志村：そうね。アリたちにとっては、こんな大きな宝物よね。みんなで力を合わせて運ぶんですね。
石牟礼：運ぶんですよ。それで、おばさんに、このイチジクを私にくださいって言いたいけれども、言えない。アリたちのものだと思ってるから。あのおばさんの姿は忘れられない。
志村：よほど昔のほうが豊かですね。今のほうが失われていますね、世の中。ほんとにたのしいってこういうこと。
洋子：それは渡辺京二先生が一番お書きになっていますよ。『逝きし世の面影』。失われてしまった豊穣な文明。渡辺先生は一番悲しむというか、心砕いていらっしゃる。もう絶対に戻らないと。
志村：戻らないでどうなるのかっていうことよね。でもね、それが昭和までまだ残っていたんですよ。私なんかでも、それはわかる。そういう時代でした。
洋子：でも、そういうのが、本当に失われてしまったと。もう影も形もないんだということを、ある一つの決意をもって、認めざるをえない。だからこそ、こういう対談をすることになったり、あらためて美はなんだとか、そういうことを突き詰めないではいられなくて、何かをしなくてはならない、というところまできていると思うんですよ。

志村：普通の対談というよりも、私たちももう「命のきわ」まできている、二人とも……。今語り合わなければ、先はない。

洋子：道子先生の世界は、この世でありながら、もうひとつのこの世なんですよね。

ここにきて、道子先生が具体的に濃厚にイメージを持ってらっしゃるのは、あの「水縹」と「緋色」という、それがなにか非常に創作の原点にあるような気がするんですけれども、その色が持っている力で促されることが色の持っている秘密だと思うんですよ。前回の対談で、先生が「沖宮」をお話しくださった、あれが、やはり強く印象に残っていて、一点、最後に海に消える緋色の色……これが一番魂に焼き付いています。

志村：残った。私も焼きつきましたよ、色がね。

洋子：色がこの世に刻印されたと思ったんです、あの時。で、それが発展して、本当にお能になれば、これこそ生きますよね。そこに行くまでの、この対談は一つの、道行ですよね。みんなで道を行ってるという。先生がおっしゃることが動機になってるけど。先生は一つ、種を植えられたような気がした。ぽちっと赤いとおっしゃった。

志村：あの、緋の一点がね。

石牟礼：あのう、先生とおっしゃらないで。

洋子：じゃ、なんて言ったらいいの、じゃ、みっちゃんと言うんですか。

志村：みっちんでしょう。

石牟礼：いえ、私……、お宅のお母様は。

洋子：お宅のお母様……って、この母のことですか?

志村：(爆笑)。道子さんとふくみさんにしてください。

石牟礼：先生という言葉をなしにしましょう。

志村：そうしましょう。

石牟礼：私は代用教員になったとき、十六歳で、もう先生と呼ばれて、もう居り場がないんですよ。それでやめたの。

洋子：代用教員をですか？　それでやめちゃったの？

石牟礼：それが一番の原因。

洋子：それはすごいですね。

石牟礼：先生というのは、先生とか大人とかは、人生の鑑でないといけない、と思い込んで、私が、何の鑑であろうかと。

洋子：消え入りたいわ、もう。

志村：私なんか、ほんとに消え入りたいわ。

石牟礼：私、以前に「不知火」という能を書きまして。我ながら、よくできたと思います。

志村：ええ、そうでしたね。

石牟礼：人さまもそうおっしゃって下さって。

志村：宝生能楽堂で拝見しました。

石牟礼：水俣の海辺でもやりました。
志村　：なさいましたねえ。
石牟礼：それで、上演に関して、水俣の患者さんたちが沢山体を使って、人から人へと伝えてくださいました。
志村　：ええ、ええ。
石牟礼：もう、いろんな加勢をしてくださいまして、出来上がったのですけど。患者さんたちの中には、能の始まる前に亡くなった方もおられました。患者のお一人杉本栄子さんが、祝言のときに着る式服を、あれ、なんと言いますか、黒い、裾模様の。
志村　：留袖ですか。
石牟礼：留袖を着て、上演の言い出しっぺの緒方正人さんは羽織袴で。
志村　：まあ……。
石牟礼：で、ご挨拶を聴衆になされました。
志村　：そうですか。人生最高の儀式だったんですね。

石牟礼：そうですね。で、台風が隣の鹿児島県まで来ていて、止まっちゃったんです。

志村　：そうそう、台風が来ていたのに、屋外で上演ができたのね。そのあとが台風で、大変でしたね。

石牟礼：台風があとで大変だったけど。お能が上演されている間は、もう、それは美しい夕焼けで。荘厳な夕焼けの中で「不知火」が興行されました。私も大変感動いたしました。みなさんがそうおっしゃる。「台風が止まりましたね」(笑)。神様が加勢してくださったんです。シテをされた梅若六郎さんは、「この主役は絶対人に渡さない」と。そう言っておられます。

志村　：それはそうですね。「沖宮」は、やっぱり絶対にお能の形にされたいんですね？

石牟礼：ぜったいにお能にしたい。「沖宮」は。

洋子　：見据えているのは、お能の中に浮かび上がる、水色と緋色ですね。

――そのお衣装のための藍は、もう建てておられるんですね。

志村：そう。でも私は、寸法とか法則とか無視して、やってみるんです、はじめ。で、また二作、三作、やってみようと思って。紅で。もちろん、四郎もやりますけれど、秋まで臭木がないんですよ。秋に獲れたら、やります。いま、臭木が減っているんです。だからどこかに採りにいかなくちゃいけない。前は和歌山のほうにたくさんあって、送っていただいていたんです。去年は不作でなんにもなかったんですって。山口県のほうにお弟子さんがいて、そちらからも送ってもらうんですけれど、去年はなんにもなかった。今年は豊作かもしれないって、ちょっと期待しているの。

洋子：発表されたときの雑誌には、「沖宮」に「戯曲」とつけてありましたけれど、やっぱり、お能がふさわしいと思います。節付をして型付けをして。ただ、合唱隊がありますでしょ。パイプオルガンが入るし。

石牟礼：最後のほう、オラショの中に、パイプオルガンが入る。教会音楽が入りますね。物語は地謡でつないでいく。物語の変化するところをつなぐ。「弾丸飛び交う中、佐吉らが石垣を登り下りして渚に降り、磯の物をさまざま採り集めおりし姿、甲冑つけたる武者たちよりも胆力あり、身軽なる者共よと幕府方の者ら言いけるとぞ。かくしてしばしが間（あいだ）、城中は腹を満たしたり」と、地謡の人が言う。

——演劇ではなく「お能」にされようと思われたのはどうしてですか。

石牟礼：どういうことでしょうかねえ。「不知火」を書いてみて、面白かったから。「不知火」は、お能を書いてくれって、ご注文があって。それで何がなんだかわからないままに書いたんです。夢中で。

志村　：そしたら大岡信さんが、「これは既にお能になっている」とおっしゃったのね、文章が。

石牟礼：書いたときから、こういうふうな世界があるのかと面白くて。世阿弥は読んでいました。それで一番嬉しかったのが、多田富雄先生にほめられたこと。

——天草四郎の装束を水標と直感されたのは、なにかあったのでしょうか？

志村：私が、伊原昭著『色へのことばをのこしたい』という本をお送りしたときに、本の巻頭に、私が伊原さんにお送りした糸が並んでいて、その中に「水縹」って書いてあったのをご覧になって、思われたんですよね。

石牟礼：そして、この前来ていただいたときに、これをいただいて。（糸を取り出す）

志村：そうそうお持ちしましたわね。

石牟礼：大切にしております。

志村：ああ、ありがとうございます。このへんが、水縹色ですね。

石牟礼：天草四郎の袴の色に、裾にちょっと。

志村：紫を入れてね、そのイメージがある、私。

石牟礼：ええ、紫を入れて。そうすると、軽やかな存在感が出てくる。

洋子：昔聞いたことがあるんだけど、江戸時代に、藍から水色がなかなか染まらないので、水藍という研究をした人がいるんですって。それは藍をお水に漬けておくんですって。水田に田植えをするみたいにして藍の苗を植えて、育てるんです。そうすると、お水のいっぱい入った藍ができるので、それで染めると水色になるんだそうです。
志村：昔、貴族は、濃い紺は使わなかったんですってね。濃い紺、藍は、下級の人たちだったの。貴族はみんな水色だったんですって。
洋子：神官さんの袴は、みんなきれいな水色ですものね。
志村：紺ではないですよ。水色は高貴な色。贅沢なんですね。水耕栽培の藍は濃く染まらない。
石牟礼：私は藍という植物を見たことがない。
志村：あらまあ。
洋子：お見せしないといけませんね。
志村：水栽培の藍ってね、やってみたい。
洋子：そうなの、水田栽培なんですよ、でも、幻で、確かに、京都の南のほうで作ってたけど、もうないとおっしゃってた。
志村：貴族だけなんですってね、それで染めた布を着るのは。

洋子：貴族のために、京都の周辺で作ってたんです。

志村：周辺の滋賀県あたりは、濃い紺ばかりで、農家の人たちが着てたという。

――それが今もあったら、藍の中のバリエーションでうまくできたかもしれないですね。

志村：染まりますよ、臭木でなくともきっと。

洋子：水藍の水色、みたかったなあ。

石牟礼：（緑の糸を指さし）これもちょっとだけ……。

志村：入れてもいいわね、緑もね。

石牟礼：あの、すべて植物からですからね。

志村：そうです。

石牟礼：珍しい人が来たときに、この糸をお見せしているんです。

志村：まあ。

洋子：やっぱり色って力があるんですね。有無を言わせないというか。私、意味づけは要らないような気がしてきています。「水縹」がいいと瞬間に思われたという、それだけであって、それが最大の意味だと思う。色もだけれど、「水縹色」という言葉が大事だったんです。「みはなだ」という言葉が、あの色とピタッときたから、天草四郎の衣装ということに連鎖してきますけど、違う言葉だったら、すっきりしなかったですね。

――私は、「みず／水」ではなく、「おん／御」だと思ってました、今日まで。

洋子　…ああ、「おん・はなだ／御縹」ね。

志村　…ああ、違うのよ。「水」なのよ。だから水縹なのよ。

――「みはなだ」と言うときの「み」が、その「御」に思ってたので、とても貴重な、大切な、ただの「はなだ」ではないというような感じで……。

志村　…不思議なことに、3・11以後、なぜか石牟礼さんとお話がしたいとつよく思っていましたところに、偶然に石牟礼さんからお手紙をいただいたんです。それが「この水縹色を見て、今度の新作能に、天草四郎に水縹を使いたい」というお手紙を頂戴したんです。それが最初ですよ。

石牟礼：伊原さんの『色へのことばをのこしたい』をいただいたら、美しい色の糸がそこにあったので。なんだか地続きのところにお互いにいるという。

志村：そうみたい。ほんとにそんな気がするんです。もう、なんかね、色と直結しちゃってるの。だから、お話聞いたときに、私の一番奥の魂にカッと焼きついた。

石牟礼：言葉がきれいですね。水縹色。

志村：そうですよね。

洋子：それこそ、厳島神社のようなところで実現できたらいいですね、新作能が。

志村：そうですねえ、満潮でね。

洋子：行かれたことありますか？

石牟礼：ありません。

洋子：山に向かった海の中に能楽堂があって。月がずーっと移動するんですけど、われわれ観客は月を背にしているので、月を観るのではなく、ひたすら海の向こうの山を見ている。反対に役者は面をつけながら、月の運行を見て、月から霊力を受けて舞うんですよ。客が月を観ない。役者が月を観るというのがすごい。その心憎い平清盛の配慮が……。

志村：それはすごいわね。

洋子：それもクライマックスで必ず海水が満ちてくるのよ。

志村：ひたひたひたと。

洋子：去年震災のあとに、海水がみちてくるのを見たときには、本当に向こうのほうから、何かが来た感じがしたと思います。そういう体験が必ずお能にはあると思います。

志村：あるのよね、「不知火」でなさったときも、あったでしょ。

石牟礼：実際には行ったことはありませんが、テレビなどで観ると、海の中に建っているのがショックですね。「不知火」上演のときは、護岸に波が寄せていて、前には恋路島があって、壮大な雲が夕焼けていて、この世ならぬ世界に包まれている感じでした。

石牟礼：学校（「アルスシムラ」）はよかったですね。私、もうちょっと若ければ、入学したい。
志村：もう、みなさんね、すごく喜んでくださってね。
石牟礼：そうでしょう。
志村：一生懸命なんですの。
石牟礼：はい。
志村：七十歳から十八歳くらいまで、もう、いろんな方がいらっしゃる。子供さんが三人くらいいらっしゃる方もね、名古屋から毎日。
石牟礼：毎日、名古屋から？
志村：新幹線で。
石牟礼：それはいいことをなさってますね。
志村：そうでしょうかしら。まあ大変なんですけどね。思い切って一歩を踏み出しましたが、まったく未経験、その上この歳ですから、どうなることかと不安も大きかったのですが、はじまってみて、来て下さる生徒さんがとても真剣で、ある決意をもってここに集まっているという自覚がひしひしと伝わってくるので、私も洋子もただ一生懸命やるしかないと、講師をはじめお弟子の方々も一丸になってやっています。なにか、開校してみて、やるべきことだったのだと生徒さんのほうから教えていただいているような気がします。私たちはただ種子をまくことだけで、いつかそれが実るのか、おそらくこの世では見られないでしょうが、それで充分だと思っています。

あとがき

ふと、休もうとして、急に石牟礼さんの句が読みたくなった。なぜかその時星屑のように石牟礼さんの句が胸に飛びこんできて、私の暗い部分で光を放った。かつて読んだどの句というのでもないが、文章とも詩とも違って、独り(ひと)で立っている。あの領域には誰も入れない、それなのに否応なく打ちくだかれ、胸の底が烈しくゆらぐのである。

角裂けしけもの歩みくるみぞおちを
ひとつ目の月のぼり尾花ヶ原ふぶき
のぞけばまだ現世ならむか天の洞(うろ)

あらためて読むと怖ろしい句である。

立ちむかうことのできない世界から眼光をすえて、じっとこちらを見抜いている。

傷ついて少し血がにじむほどするどい天の帚木でさっと身心を掃き清められる。

石牟礼さんの句は、一句、一句、道行である。

「まぼろしふかくして／一期の闇のなか」といわれるように、もう引きかえすことのできない窮極に立っている。

　九重連山月明連れて双(そう)の蝶

　いまも魔のようなもの生む谿(たに)の霧

　繊月のひかり地上は秋の虫

まなうらに鮮烈に浮び上る九重連山、ふととおりすぎようとしたこの句に呼びとめられた。月明を連れてという、昏(くら)い山肌に射す白々とした光の中をはりついたようにしんとなって双の蝶が飛んでゆく。わずか十七文字でどうやってこの幽邃な境地を出現させ得るのか。いまも魔のようなものを生むのは石牟礼さんの中にある谿であり、霧である。どこか際々のところにあって両の手をさしのべ、掬いあげているような気がする。

「ひともわれもいのちの真際　かくばかりかなしきゆえに／煙立つ雪炎の海を行くごとくなれば／われより深く死なんとする鳥の眸に逢えるなり／はたまたその海の割るるときあらわれて／地の低きところを這う虫に逢えるなり／この虫の死にざまに添わんとするときようやくにして／われもまたにんげんのいちいんなりしや」

　ほそい月の光が見失うほど小さな虫の上にこそ射している。その虫の死にざまに逢うとき、ようやくわれも人間の一員であると思えると、そのような思想に出会えることのふしぎ、どこか宗教など遠く飛びこえて、低い地を這う虫に頭を垂れているひとがいるのである。いまだこういう方に出会ったことがなく、あの受難の地にあって、人類とは言わず生類と呼ぶ次なる世に燦然とした新しい思想が生れ、もし宗教というならば、それを本当に読みとくことのできる生類の一員でありたいと願う。

志村ふくみ

二〇一四年六月

「沖宮」に至る道

志村洋子

石牟礼さんと知り合ってから随分長い年月が経ちます。お目にかかる度に心が騒ぎ、歓びと不安がない交ぜになりますが、心の深いところでは安堵致します。

今から、七年前のことです。東日本大震災後、生命に対する危機感と同時に、政府の原発事故への対応の悪さに、私たち親子は怒りを禁じえない状況にありました。母は誰かにその気持ちをぶつけ、話し合いたいという気持ちが募っておりました。丁度そのような時に筑摩書房の当時編集だった、長嶋美穂子さんが訪ねて来られました。

話をするうちに、今の気持ちを信頼できる方と話して、より深めてみたらどうかということになりました。

「対談相手を何方にしましょうか?」との問に、皆が一斉に、石牟礼道子さんと叫びました。母はこのような時に一番に話したいのは石牟礼さんだったので、「我が意を得たり!」と喜びました。

それからとんとん拍子で事が運び、しばらくして私たちは熊本のお宅で石牟礼さんにお目にかかることが出来ました。

石牟礼さんは病状が安定していたのか、接待に余念がなくお茶にお菓子にと、心籠った歓待をしてくださいました。そして二人は積もりに積もった思いを、とりとめもなく熱く語り続けました。

この時の様子を後から思いだしますと、お互い会えたことが嬉しすぎて、年甲斐もなくはしゃいでしまい、私と編集者は、果たして決められた時間内に話がまとまるだろうかとはらはらしていました。

対談は二日にわたって行われましたが、ある時、石牟礼さんは突然、新作能「沖宮」を語り始めました。

大変印象的なお話でした。昔の事なので正確ではありませんが、石牟礼さんの口調などは今でも耳に残っています。

「これは「天草の乱」が終わりまして後のお話でございます。

あやという童がおりまして、天草四郎の乳兄妹でございます。あやは四郎の事を大変慕っておりました。当時の天草は日照りが続きまして、村人たちはこのままでは村中の者が死んでしまう、何とかしなければと必死の思いでありました。そこで、天草の乱でのただ一人の生き残りのあやを、海の竜神に捧げ、雨を降らせてもらおうということになりました」

このような調子で、石牟礼さんは「沖宮」の哀しい物語をあの細くてきれいな声で、聞かせてくださいました。

そして、どれだけの時が過ぎたでしょうか、私たちは全く聞き入ってしまい、石牟礼さんの語る世界に引き込まれていきました。それは水底に吸い込まれて行くような不思議な体験でした。

語り終わってもまだ茫然としている私たちに、石牟礼さんは真剣な顔をして

「志村さん、あやと四郎の衣装を作ってください。あやには目にも鮮やかな緋色の衣裳を、四郎には水縹色の衣裳を着せ、水底への道行をさせとうございます」

ふいに現実に戻された母は、ドキドキしながらもすぐに「もちろんさせていただきます」と答えていました。

母はこの時の色の印象を「寄稿文」にしたためています。

「『赤とはいえ緋色なんです。一点そこだけ凝縮した色なんです』

『ええわかります。その色は霊性の緋色なんですね。この世のものではない。海の果てに一瞬燃えて消えてゆくのですね』

その時私の瞳の奥に焼けつくような緋色を見ていた。童女あやの衣裳である。

四郎の衣裳を作ってくださいと言われた時、天青の色と呼んでいる水浅黄の透きとおる色が一瞬電波のごとく私の中に流れ込んだ。

色は時空を超えている。私の中で緋色と水浅葱色が決定的に浸み透った」

こうして、あやの衣裳の緋色の染料は、紅花。四郎の衣裳の水縹色の染料は臭木に決まりました。

京都に帰った母の頭の中は、あやと四郎の衣裳のことで一杯になり、早速あやの衣裳に取り掛かりました。紅花で染めた生絹で織った着物は「舞姫」と名付けました。

しかし待てど暮らせど「沖宮」上演の話はどこからも来ません。母は早合点してあやの衣裳[1]を織ってしまったので、少しがっかりしていたようでした。

それからいろいろなことがあり、一昨年、熊本に石牟礼さんをお尋ねした時には病気が進んでいて、少しお痩せになったようでした。

（1）能の衣裳ではなく、あやをイメージして織った着物。

話題はやはり「沖宮」のことになりました。

時々遠くを見ながら、「天草に帰りたいの」と細い絹のような声でおっしゃるのを聞くと、何とか私たちの手で「沖宮」の公演をして差し上げたいと強く思えてきました。

一人ではできなくても、家族や工房の弟子、学校の講師や生徒にも協力してもらえばなんとかなるのではないかと思えてきて、迷いが一瞬消えました。その場にいた息子たちと一緒に、「私たちで『沖宮』をやります」と言ってしまいました。後から考えれば、とんでもないことを言いだしてしまったのですが。石牟礼さんはひどくお喜びになりました。

さあそれからが大変です。

母はやっとその日が来ると興奮気味でした。石牟礼さんと約束した、あやと四郎の衣裳の色にこだわっていましたので、紅花と臭木の染料集めから始まりました。工房はもちろんのこと学校の生徒、知り合いの方など総動員して染料を集めました。

あやの緋色の衣裳は紅花染めです。紅花を乾燥させたものを水に浸け、黄味を抜いて使います。紅は、植物染料の中で、唯一花で染まる染料です。

昔の人が染めた見事な緋色に近づきたいと、工房では紅花を惜しげもなく大量に使いました。「赤くなれ、赤くなれ、」と願いながら染めました。

四郎の衣裳は水縹色です。臭木は、秋も深まったころ可愛らしい青い実を付けます。何キロもの実は到底工房だけでは集められないので、学校の生徒にも手伝ってもらいました。

糸が染まればそれぞれの配役の衣裳デザインをします。

能衣装に挑戦するのは初めての事、京都で代々能装束を作っておられる佐々木さんに手ほどきをしていただき、能衣装の型を知ることが出来ました。

能衣装は我々が作っている着物とは、ずいぶん違います。

私は能衣装と言えば、品格、技術、染織どれをとっても日本最高の芸術品と思っています。ですから、決まりごとが多いのかと固く考えていましたが、金剛宗家が所蔵されている古い能衣装を見せていただき、その自由な発想とセンスの良さに驚きました。

能の物語と衣装はとても深い意味があるので、役どころで衣装の型が変わります。金剛宗家や佐々木さんとの話し合いの結果、あやは長絹、四郎は水衣、竜神は狩衣に決まりました。

年明けに機に経糸をかけてからは、工房は一丸となって織り始めました。慣れない仕事でしたので、糸が切れたり、織り幅が広すぎたりと、難儀いたしましたが、何とか四月の始めには、次々と出来上がってきました。

あやの衣裳と四郎の衣装は、生絹という紡いだままの糸で織りました。生絹で織った裂はピンと張りがあり、蜻蛉や蟬の羽のように透き通っています。

最後に登場する海の主、竜神の衣裳は色々思案した挙句、工房の歴史を織り込みたいと思いました。古い糸、曼荼羅を織った残りの糸、使い古した裂、などを濃紺の経糸に入れ込みました。古い糸や裂はそれぞれの思い出と共に、新しい竜神の衣裳に生まれ変わりました。

あや、四郎、竜神の織物は織りあがるとすぐに佐々木さんのお宅に持って行きました。待つことひと月、端午の節句を迎える頃、待望の能衣装が仕立て上がってきました。


石牟礼道子さんと母は不思議な情で結ばれてきたと思います。

知り合ったのは五十の年を超えてからでしたので、友人というには環境があまりにも違いました。しかし生まれ持ったエネルギーの質と量の共時性は、お互い一瞬で分かり、親しく感じたはずです。そして、時が経つにつれ二人の結びつきの証「沖宮」をこの世に残したいと思いました。その思いを託された私たちには、厳しい道のりでしたが、二人の願いは「沖宮」の上演が実現したことで結実する信じています。

そして「沖宮」の思想をこれから後世の人々が考え続けてくれることを願ってやみません。

解説　次世代へ託す希望

志村昌司

『遺言』は、作家・石牟礼道子と染織家・志村ふくみが二〇一一年三月から二〇一三年五月までの約二年間に行った往復書簡と対談をまとめたものである。『遺言』というショッキングなタイトルにも二人の並々ならぬ決意が感じられる。本書全体のテーマは新作能「沖宮」をめぐってであり、あたかもメイキングストーリーであるかのように話が進んでいく。『遺言』が二〇一四年に刊行されたのち、二〇一六年に「石牟礼道子と志村ふくみの願いを叶える会」が結成され、私も企画・制作として新作能「沖宮」公演への準備に本格的に関わることになった。本書に収められている原作から能の詞章を作る過程は決して平坦な道のりではなかったが、二〇一八年秋に熊本の水前寺成趣園能楽殿、京都の金剛能楽堂、東京の国立能楽堂の三カ所で、能楽金剛流の協力のもと公演が実現する運びとなった。

そもそも往復書簡のきっかけとなったのは、二〇一一年三月十一日に起こった東日本大震災と福島原発事故である。当時、石牟礼は八十四歳、志村は八十六歳、奇しくも震災当日は石牟礼の誕生日であった。約一世紀近く、自然と人間の関係、近代文明のあり方を考え続けてきた二人にとって、その衝撃は非常に大きく、なんとしても自分たちのメッセージを伝えたいという想いに駆られた。「今一ばんお話したい方は石牟礼さんです」という志村のたっての願いで、なんと震災の二日後から往復書簡が始まっている。

石牟礼と志村の出会いは三十年ほど前に遡る。常々『苦海浄土』や『椿の海の記』を愛読し、石牟礼を尊敬していた志村にとって、石牟礼との出会いはその後の人生に決定的な影響を与えた。柳宗悦の民藝運動から出発しつつも、近代化のなかで植物染料が駆逐され、自然が滅んでいくさまを目の当たりにしてきた志村にとって、石牟礼文学でしばしば登場する鳥や虫、魚、貝、花など、生きとし生けるものの生類の世界はまさにあこがれの世界であった。石牟礼が抱く、自然界のなかで慎ましく生きる人間像は、志村の「植物の命の色をいただく」「植物上位」という考え方と非常に近い。二人が生涯の魂の友になったのも当然である。

石牟礼と志村の現代への危機感は強く、悲壮感すら感じる。石牟礼は「花を奉る」(本書一八—一九頁参照)という詩で、滅亡しつつあるこの世でなお一輪の花の力を信じる、という祈りのような想いを綴っている。志村も回顧展「志村ふくみ—母衣への回帰—」(二〇一六)で、「身に迫る危機は世界を覆っている」とこの世を憂いつつ、「人類はどこかでそれを喰い止める叡智をもっていると信じたい」と祈りを込めて述べている。危機にあって次世代へ希望を残したいという切実な二人の想いが往復書簡と対談を通して新作能「沖宮」として結実していく。まさに「沖宮」は二人の合作であり、遺言として残された作品である。

「沖宮」はもともと「天草四郎」というタイトルであったが、その後「花の砦」、「草の砦」(『石牟礼道子全集　不知火　第一六巻』藤原書店、所収)となり、最終的に「戯曲 沖宮――おきのみや」として、『現代詩手帖』（二〇一二年十一月号）に発表された。その後、修正されたものが全集第一六巻に収められ、さらに修正を加えた決定版が本書に所収されている。実質上、石牟礼の最後の作品といってよい。石牟礼は途中の原稿をたびたび志村に送っているが、このことからも「沖宮」がいかに志村の色彩世界と結びつきながら完成していったかがわかる。

「沖宮」では緋色(ひいろ)と水縹色(みはなだいろ)が重要な役割を果たしている。石牟礼は志村が染めた色糸を見た瞬間に霊感が働き、天草四郎の装束は水縹色、あやの装束は緋色で表現したいと思ったという。緋色は紅花の花弁で染めた特別な色である。花弁では原則的に色が染まらないのに、紅花だけが例外である。志村によれば、紅花の色は「天上の紅」であり、十二、三歳までの乙女に似合う色である。まさに五歳の「あや」にぴったりである。水縹色は、臭木(くさぎ)という木の実から染めた色である。志村は天からしたたり落ちた空色のような青という意味で、「天青(てんせい)」と名づけている。これも霊性の高い少年、天草四郎にふさわしい色である。

ちなみに、臭木は数ある植物染料の中でも、特に志村の思い入れの深い植物で、「天青の実」（本書二六―二七頁参照）という詩まで書いている。

植物の色は決して化学染料では出せない霊的な美しさがあり、自然の力を宿している。いわば植物の魂の発色とでも言うべきものである。植物の命の色には内実があり、深いところで大いなる自然とつながっている。志村はそれを「色霊（いろだま）」と呼ぶ。石牟礼の言葉に内包される「言霊」と志村の色に内包される「色霊」がぴったりと重なりあったところに、新作能「沖宮」が成立するのだ。

「沖宮」の背景を理解するには、天草・島原の乱を描いた「春の城」を読まねばならない。「春の城」はもともと新聞に連載され、一九九九年に『アニマの鳥』（筑摩書房）として出版された。その後、全集刊行時にタイトルが「春の城」に変更された。構想は石牟礼が一九七一年に水俣病未認定患者とともにチッソ本社前にテントを張って座り込みをしたときに、ふと原城にたてこもった人たちも同じような状況ではないかと感じたところから生まれたという。「春の城」の天草四郎はカリスマ的存在ではなく、十六歳の一人の生身の少年として描かれているが、石牟礼にとって天草四郎は終生特別な存在であり続けた。「天草四郎はどういう人だったのだろうか、と考えています」という石牟礼の言葉が今も私の心に響いている。さらに「春の城」では、「あや」を連想させる童女「あやめ」も登場する。天草・島原の乱の生き残りの「あやめ」が「沖宮」の「あや」となったのであろうか。

「沖宮」は、よみがえりの物語である。人身御供として緋の舟にのった「あや」は大地が割れるような稲妻に打たれ、海底に沈んでいく。そこに亡霊となった「四郎」が現れ、手をとって沖宮へと道行（みちゆき）する。人身御供は究極の自己犠牲であるが、捨て身だからこそ沖宮へ行くことができるとも言える。石牟礼は、「沖宮」は「あや」と「四郎」の恋の物語であると述べているが、もしかすると、石牟礼は「あや」に自らを投影しているのかもしれない。沖宮とは「生命の宮」であり、宇宙の母性が宿る妣（はは）たちの国である。つまり、沖宮への道行は心中ではなく、「生き返るための道行」であり、緋色と水縹色はこの世を浄化する「よみがえりの色」なのである。滅びつつある近代文明のなかから、新しい希望を生み出したい、これが「沖宮」に込められた石牟礼と志村の悲願である。

石牟礼は二〇一八年二月十日に「沖宮」公演を観ることなく、九十歳でこの世を去った。死の直前まで病床で「沖宮」を考え続けていたと聞く。次に紹介するのは、亡くなる十日前に口述された辞世の句である。

「村々は　雨乞いの　まっさいちゅう　緋の衣　ひとばしらの舟なれば　魂の火となりて　四郎さまとともに　海底の宮へ」

「沖宮」はどこにあるのでしょうか、という私たちの問いに、石牟礼は「沖宮はあなた方の心の中にあります」と答えた。本書を手にする人が二人の遺言をどう受け取るのか、そこに生類の将来はかかっている。

本書は二〇一四年十月二十五日筑摩書房より刊行された。

甘い蜜の部屋　森茉莉
天使の美貌、無意識の媚態。薔薇の蜜で男たちを溺れ死なせていく少女モイラと父親の濃密な愛の部屋。稀有なロマネスク。（矢川澄子）

蛙の子は蛙の子　阿川弘之／阿川佐和子
当代一の作家と、エッセイにインタヴューに活躍する娘が、仕事・愛・笑い・旅・友達・恥・老いについて本音で語り合う共著。（金田浩一呂）

あんな作家　こんな作家　どんな作家　阿川佐和子
聞き上手の著者が松本清張、吉行淳之介、田辺聖子、藤沢周平ら57人に取材した。その鮮やかな手口に思わず作家は胸の内を吐露。（清水義範）

わたしの日常茶飯事　有元葉子
毎日のお弁当の工夫、気軽にできるおもてなし料理、見せる収納法やあっという間にできる掃除術など。これで暮らしがぐっと素敵に！（村上卿子）

いつかイギリスに暮らすわたし　井形慶子
失恋した時、仕事に疲れた時、いつも優しく抱きとめてくれたのは、安らぎの風景と確かな暮らしのあるイギリスだった。あなたも。（林信吾）

屋上がえり　石田千
屋上があるととりあえずのぼってみたくなる。百貨店、病院、古書店、母校……広い視界の中で想いを紡ぐ不思議な味のエッセイ集。（大竹聡）

つらい時、いつも古典に救われた　清川妙／早川茉莉編
万葉集、枕草子、徒然草、百人一首などに学ぶ、前向きにしなやかに生きていくためのヒント。古典講座の人気講師による古典エッセイ。（早川茉莉）

雨の日はソファで散歩　種村季弘
雨が降っている。外に出るのが億劫だ……稀代のエンサイクロペディストが死の予感を抱きつつ綴った文章を自ら編んだ最後のエッセイ集。

わたしの小さな古本屋　田中美穂
会社を辞めた日、古本屋になることを決めた。倉敷の空気、古書がつなぐ人の縁、店の生きものたち……。女性店主が綴る蟲文庫の日々。（早川義夫）

ムーミン谷のひみつ　冨原眞弓
子どもにも大人にも熱烈なファンが多いムーミン。その魅力の源泉を登場人物に即して丹念に掘り起こす、とっておきのガイドブック。イラスト多数。

尾崎翠集成（上・下）　尾崎翠　中野翠 編

鮮烈な作品を残し、若き日に音信を絶った謎の作家・尾崎翠。時間と共に新たな輝きを加えてゆくその文学世界を集成する。

クラクラ日記　坂口三千代

戦後文壇を華やかに彩った無頼派の雄・坂口安吾との、嵐のような生活を妻の座から愛と悲しみをもって描く回想記。巻末エッセイ＝松本清張

貧乏サヴァラン　森茉莉　早川暢子 編

オムレット、ボルドオ風茸料理、野菜の牛酪煮……。食いしん坊茉莉は料理自慢。香り豊かな〝茉莉ことば〟で綴られる垂涎の食エッセイ。文庫オリジナル。

紅茶と薔薇の日々　森茉莉　早川茉莉 編

天皇陛下のお菓子に洋食店の味、庭に実る木苺……森鷗外の娘にして無類の食いしん坊、森茉莉が描く懐かしく愛おしい美味の世界。（辛酸なめ子）

ことばの食卓　武田百合子　野中ユリ・画

なにげない日常の光景やキャラメル、枇杷など、食べものに関する昔の記憶と思い出を感性豊かな文章で綴ったエッセイ集。（種村季弘）

遊覧日記　武田百合子　武田花・写真

行きたい所へ行きたい時に、つれづれに出かけてゆく。一人で。または二人で。あちらこちらを遊覧しながら綴ったエッセイ集。（巖谷國士）

わたしは驢馬に乗って下着をうりにゆきたい　鴨居羊子

新聞記者から下着デザイナーへ。斬新で夢のある下着を世に送り出し、下着ブームを巻き起こした女性起業家の悲喜こもごも。（近代ナリコ）

私はそうは思わない　佐野洋子

佐野洋子は過激だ。ふつうの人が思うようには思わない。大胆で意表をついたまっすぐな発言をする。だから読後が気持ちいい。（群ようこ）

神も仏もありませぬ　佐野洋子

還暦……もう人生おりたかった。でも春のきざしの蕗の薹に感動する自分がいる。意味なく生きても人は幸せなのだ。第3回小林秀雄賞受賞。（長嶋康郎）

老いの楽しみ　沢村貞子

八十歳を過ぎ、女優引退を決めた著者が、日々の思いを綴る。齢にさからわず、「なみ」に、気楽に、と過ごす時間に楽しみを見出す。（山崎洋子）

遠い朝の本たち　須賀敦子
一人の少女が成長する過程で出会い、愛しんだ文学作品の数々を、記憶に深く残る人びとの想い出とともに描くエッセイ。（末盛千枝子）

おいしいおはなし　高峰秀子編
向田邦子、幸田文、山田風太郎……著名人23人の美味な思い出。文学や芸術にも造詣が深かった往年の大女優・高峰秀子が厳選した珠玉のアンソロジー。

るきさん　高野文子
のんびりしていてマイペース、だけどどっかヘンテコな、るきさんの日常生活って？　独特な色使いが光るオールカラー。ポケットに一冊どうぞ。

それなりに生きている　群ようこ
日当たりの良い場所を目指して仲間を蹴落とすカメ、迷子札をつけているネコ、自己管理している犬。文庫化に際し、二篇を追加して贈る動物エッセイ。

うつくしく、やさしく、おろかなり　杉浦日向子
生きることを楽しもうとしていた江戸人たち。彼らの紡ぎ出した文化にとことん惚れ込んだ著者がその思いの丈を綴った最後のラブレター。（松田哲夫）

ねにもつタイプ　岸本佐知子
何となく気になることにこだわる、ねにもつ。思索、奇想、妄想はばたく脳内ワールドをリズミカルな名短文でつづる。第23回講談社エッセイ賞受賞。

回転ドアは、順番に　穂村弘　東直子
ある春の日に出会い、そして別れるまで。気鋭の歌人ふたりが、見つめ合い呼吸をはかりつつ投げ合う、スリリングな恋愛問答歌。（金原瑞人）

絶叫委員会　穂村弘
町には、偶然生まれては消えてゆく無数の詩が溢れている。不合理でナンセンスで真剣だからこそ可笑しい、天使的な言葉たちへの考察。（南伸坊）

杏のふむふむ　杏
連続テレビ小説「ごちそうさん」で国民的な女優となった杏が、それまでの人生を、人との出会いをテーマに描いたエッセイ集。（村上春樹）

月刊佐藤純子　佐藤ジュンコ
注目のイラストレーター（元書店員）のマンガエッセイが大増量してまさかの文庫化！　仙台の街や友人との日常を描く独特のゆるふわ感はクセになる！

これで古典がよくわかる　橋本治

古典文学に親しめず、興味を持てない人たちは少なくない。どうすれば古典が「わかる」ようになるかを具体例を挙げ、教授する最良の入門書。

恋する伊勢物語　俵万智

恋愛のパターンは今も昔も変わらない。恋がいっぱいの歌物語の世界に案内する、ロマンチックでユーモラスな古典エッセイ。（武藤康史）

倚りかからず　茨木のり子

もはや／いかなる権威にも倚りかかりたくはない……話題の単行本に3篇の詩を加え、高瀬省三氏の絵を添えて贈る決定版詩集。（山根基世）

茨木のり子集 言の葉（全3冊）　茨木のり子

しなやかに凛と生きた詩人の歩みの跡を、詩とエッセイで編んだ自選作品集。単行本未収録の作品なども収め、魅力の全貌をコンパクトに纏める。

詩ってなんだろう　谷川俊太郎

谷川さんはどう考えているのだろう。その道筋にそって詩を集め、選び、配列し、詩とは何かを考えるおおもとを示しました。（華恵）

笑う子規　正岡子規＋天野祐吉＋南伸坊

「弘法は何と書きしぞ筆始」「猫老て鼠もとらず置火燵」。天野さんのユニークなコメント、南さんの豪快な絵を添えて贈る愉快な子規句集。（関川夏央）

尾崎放哉全句集　村上護編

「咳をしても一人」などの感銘深い句で名高い自由律の俳人・放哉。放浪の旅の果て、小豆島で破滅型の人生を終えるまでの全句業。（村上護）

山頭火句集　種田山頭火　村上護編　小崎侃・画

自選句集「草木塔」を中心に、その境涯を象徴する随筆も精選収録し、〝行乞流転〟の俳人の全容を伝える一巻選集！（村上護）

絶滅寸前季語辞典　夏井いつき

「従兄煮」「蚊帳」「夜這星」「竈猫」……季節感が失われ、風習が廃れて消えていく季語たちに、新しい命を吹き込む読み物辞典。（茨木和生）

絶滅危急季語辞典　夏井いつき

「ぎぎ・ぐぐ」「われから」「子持花椰菜」「大根祝う」……消えゆく季語に新たな命を吹き込む読み物辞典。超絶季語続出の第二弾。（古谷徹）

ちくま文庫

遺言（ゆいごん）　対談（たいだん）と往復書簡（おうふくしょかん）

二〇一八年九月十日　第一刷発行

著　者　志村ふくみ（しむら・ふくみ）
　　　　石牟礼道子（いしむれ・みちこ）

発行者　喜入冬子

発行所　株式会社　筑摩書房
東京都台東区蔵前二―五―三　〒一一一―八七五五
電話番号　〇三―五六八七―二六〇一（代表）

装幀者　安野光雅
印刷所　株式会社精興社
製本所　加藤製本株式会社

ISBN978-4-480-43531-6　C0195